拜托啦学长

PLEASE,
MY SENIOR

夏桐　著

天津出版传媒集团
天津人民出版社

图书在版编目（CIP）数据

拜托啦，学长 / 夏桐著. -- 天津 : 天津人民出版社, 2017.11（2020.3重印）
ISBN 978-7-201-11957-1-01

Ⅰ.①拜… Ⅱ.①夏… Ⅲ.①中篇小说－中国－当代 Ⅳ.①I247.5

中国版本图书馆CIP数据核字(2017)第146891号

拜托啦，学长
BAI TUO LA,XUE ZHANG
夏桐 著

出　　版	天津人民出版社
出 版 人	刘　庆
地　　址	天津市和平区西康路35号康岳大厦
邮政编码	300051
邮购电话	（022）23332469
网　　址	http://www.tjrmcbs.com
电子信箱	reader@tjrmcbs.com

责任编辑	玮丽斯
特约编辑	袁　卫
装帧设计	胡万莲
责任校对	落　语

制版印刷	三河市华东印刷有限公司印刷
经　　销	新华书店
开　　本	660毫米×960毫米　1/16
印　　张	16
字　　数	152千字
版权印次	2017年11月第1版　2020年3月第2次印刷
定　　价	42.80元

CONTENTS

目录

目录 CONTENTS

正值夏末秋初，虽然白天热得人心慌，然而在清晨，尤其是早上七点钟的时候，空气里还是带着一丝丝凉意的。

T大素来有早读的传统，这个时间点，该早读的学生基本已经出动完毕，宿舍楼群里是一片喜人的静谧。而在这静谧中，一路狂奔冲向男生宿舍楼的女生就显得有些扎眼。她个高腿长，身着一身轻薄的运动背心与短裤。她跑起来的时候，绑得高高的马尾跟着身体的摆动晃来晃去，透出无限的朝气与生机。

"许轻饰！你又不去早读！"一个迎面走来的男生冲着她喊话。

许轻饰与他擦肩而过，随意朝后摆了摆手，直奔25号楼楼下。她看了看大堂里明晃晃的"女生止步"的牌子，又看了看手表上一格一格跳动的指针，深吸一口气，昂首挺胸走了进去。

"哎！同学，这是男生宿舍，不能进的！"楼管阿姨阻止道。

许轻饰眨了眨眼，说："阿姨，我是学生会纪律部的，来查寝。"

"哪个系的？证件拿来！"阿姨道。

"我走得急，证件忘带了。阿姨您通融通融吧，要不然回去要被学长骂了……"许轻饰一脸可怜兮兮地望着阿姨。

阿姨细细看了她两眼，虎着脸道："唬我呢？我跟你说，这楼上楼下几百个学生，学生会纪律部的，认脸都认了个七七八八。再说，我可从没见着就一个女生来查寝的。快走快走！"

"学长一定会骂我的……"许轻饰带着哭腔捂着脸飞奔了出去，到了阿姨看不到的死角处，喘了一口气停住，骂了声，"白宇你个浑蛋误我！"

手机急促地滴滴了两声，已经到了七点二十分。如果再不想办法进去，可是要出大差错的！

许轻饰想了想，把长发绾成了髻，从背包里掏出青绿色的风衣穿上，戴上连衣帽，又掏出几乎遮住了半边脸的平面眼镜戴上。如是打扮了一番，她迈着轻快的步子返了回来，神情自若。

阿姨迟疑了一下，道："同学，你哪个系的？"

许轻饰快速在门禁处刷了学生卡，压低着嗓音答："金融系的。"

"哪个宿舍来着？你转过脸来我瞅瞅。"阿姨从管理台里往外走。

许轻饰三步并成两步进了电梯，狂点了几下关门键，把阿姨的一脸疑问关在了门外——这鹅蛋脸，怎么看怎么像是女生啊？

待来到602室门外，手表上的指针刚好走到了七点二十五分。许轻饰摸了摸额头的汗，开始狂敲宿舍门，边敲边哼："白宇你个浑蛋，别躲在里面不出门，我知道你在家。开门啊开门啊开门啊……"

"吱"的一声，门被打开了，一个男生出现在门后。许轻饰的一句"开门啊"才到嘴边又被迫吞下，无意识地动了动喉咙。身高一七五，向来惯于傲视诸多女生的她，猝不及防地对上了对方裸着的上半身。不同于校园内常见的"白斩鸡"，男生的身材恰到好处，显得精瘦有力，再往下便是好看的人鱼线，诱人遐思。

男生轻微地"呵"了一声，语气中带着不容人错辨的鄙视。

许轻饰下意识回神，视线却率先落到了不远处被分解成一片片的懒人闹钟上，一时间所有的羞怯与遐思都抛到了九霄之外。那可是她出了好几个早市，用赚到的69元"巨资"，特意买的"懒人"闹钟，可是个能在空中做无规则运动，只有用枪直接打中才会停止吵闹的闹钟！卖家当时还吹得天花乱坠，说它专治"懒人癌"，攻无不克。她也确实是信了，可是千算万算，没算到主人是个暴力狂！

"喂。"男生不客气地唤了一声，精致的脸上是满满的傲慢，眼神里透着浓浓的鄙视与不满。

"闹钟是你拆的？"许轻饰沉声问。

男生不耐烦地"嗯"了声，道："同学，需要我提醒你吗？这里是男生宿舍，你一个女生……"

迂腐！没诚信！不守约定！还随意糟践劳动成果！尤其是还敢毁了闹钟！此刻，许轻饰心中的愤怒简直难以尽诉！

俗话说怒向胆边生，许轻饰越过男生进了宿舍，将背包随意扔在桌子上，直冲冲走进卫生间，片刻后，卫生间里响起了水流声。

男生有些微错愕，站在原地看着被关上的卫生间的门，一时想不起要说些什么。而他确实不需要说些什么，因为在他反应过来之前，许轻饰就从卫生间端出一盆冷水，站到他旁边的凳子上。

在被盯了两秒钟后，没有任何征兆地，那盆水"啪"地泼到了他的身上。

水滴顺着男生的头发流过赤裸着的上身，然后涌向沙滩裤，再顺着裤脚一滴一滴地落到地上，发出轻微的声音。这一声好似打开了什么开关，被浇了个透心凉的男生蓦地打了个冷战，反应了过来。好似被突然惊醒的雄狮，他红着眼，飞快地抓过一旁的毛巾，随意地在头上粗鲁地擦了两把后，一边掏出手机要给宿管阿姨打电话，一边一把攥住许轻饰的胳膊，要把她往外推。

许轻饰自不能轻易屈服，愣是眼明手快地抱住了上下铺的梯子，使了巧劲把半边身子挂在了梯子上，骂骂咧咧道："浑蛋，放开我！长得倒是人模人样的，怎么就是不做人事？你这没礼貌没诚信的无品男，老

娘才不屑做你的生意！"

"神经病就要记得吃药，不要随意出来祸害别人好吗？真是没家教！"男生怒道，拽着她使劲往外拖。

"你家教倒是好，好到要欺负我一个女生！"许轻饰气急，挥手舞爪，又抓又挠，不一会儿便在男生身上留下了一道道血痕，衬着他那如玉的脸，显得尤为可怖。

"哇哦……"门口处齐刷刷一阵惊呼。

正在上演抓挠与抵抗的两人顿了顿，默契地回头，发现门口了里三层外三层的男生。

无数双眼睛在他们身上来回扫描，脸上有统一的暧昧笑意。

"原来男生也都这么三八啊。"许轻饰冷声道。

"远看着是美人，却不想美人带刺啊。"一男生唏嘘道。

立马有同伴和了声："这年头但凡不错的女生都有些性格，更何况这级别还是一等一的。"

"可不是，也不看看跟她过招的是谁？大才子向来见着女生退避三生，生怕被碰了瓷，这会儿可就……"

"说起来，也不是我们想来看，这是被吵醒才被动听墙角的好吗？"有个男生嘟囔了一声。

这话确实没错。六层集中住着大三的学生，没了学校早读的约束，大半还在沉睡中。此前因着许轻饰叫门的架势过于豪迈，早就有不少人被惊醒。等听到有女生喊叫的声音，且内容多少有些引人多想，于是这群男生纷纷寻到了声音源头。

"难道没人觉得，这位美人有些眼熟吗？"有人突然道。

"这么一说，好像真的……应该比咱们小一届吧？"

……

正在这时，门外响起一个舒朗的男声："哎，怎么，大清早都围在我们宿舍门口干什么？"

有男生好心回答："围观大才子……哦不，是美人'手撕'大才子。"

那室友穿过人群走了进来，看到正在纠缠的两个人时，顿时愕然。他看了看许轻饰，又去看室友湿透了仍在滴着水的沙滩裤，一时间表情有些难以言说。

许轻饰见不得他欲言又止的模样，以为那白宇来了帮凶，不由出声道："你那是什么眼神！你是不是看着他就以为是我来主动闹事？要不是他失约在先，还把我的闹钟砸成那样，我会这样吗？"

那室友闻言脸上一僵，顺着她的示意扫到了被暴力拆卸的闹钟，顿了好半晌，打着哈哈去关门："没什么看的了，哈哈，大水冲了龙王庙啊！这是内部矛盾，内部矛盾。我们关上门解决就好。"边说着便将众

人关到了门外。

"我还以为一大清早的哪儿来的女神经病，敢情是你在外面招惹的花花草草啊？"与许轻饰僵持的男生带着十二分的嫌弃冲室友道，"你喜欢花瓶也就罢了，毕竟摆在那里也是能养眼的。但凡是个花花公子，大抵都是这样的标配，我不懂，但是也尊重你。只是万万没想到，你的口味变得如此奇怪，连这样性子的花瓶也能入了你的眼，不知是该说你品位越来越独特了，还是……"

"你花瓶！你一户口本都花瓶！"许轻饰反驳道。

她是天生的美人胚，成为女神级的教科书人物本是天理。但众人愣是没想到，比她美貌更出众的是她那惨不忍睹的成绩——因此被人称为"美女学渣"，从此成了"花瓶"的代名词。

许轻饰自命不凡，自觉才华横溢，却要饱受这样的误解，一时间恨不能与人比较谁的脑容量更大。思及往事，许轻饰愤恨有加，竭力挠人，边挣扎边道："白瞎了你这么一张好看的脸，没想到黑心黑肺还不分青红皂白颠倒是非！极品渣男说的就是你！赔我闹钟！赔我大洋！"她情绪激动，挣扎得厉害，竭尽所能地去挠对方。

"那破闹钟是你的？白送我都不要！"男生黑着脸想要完全攥住她，还要分一分精力与她打嘴仗，也是十分用心。

那室友莫名被冠以"花花公子"的名头，心中也有了几分不爽，乐得见对方出粮。只是出于道义，室友不得不穿插在吵闹得十分厉害的两人中间，絮絮叨叨地劝架："大家先住手，这其实是个误会。"

"哎，你们听我说一句嘛，其实是我的错。"

"姑奶奶别挠了。"

"大才子别骂了，待会儿你得后悔了。"

……

孰料两人越吵越凶，大有撕破脸的架势，那室友只得深吸一口气，又吐出来，然后大声道："我说！不要闹了！听我说好吗？"

许轻饰与男生皱眉，齐齐朝着他望去。

那室友一下收了的大嗓门，嗫嚅了一小会儿道："我是白宇，这位女生，你是来找我的吧？你抓住的那个人……是我的室友林知逸。"

"什么？"许轻饰一脸问号，表示不知道对方在说什么，手却下意识垂了下来。林知逸借机放开她，双手环抱着肩，冷冷盯着白宇，等他给个说法。

白宇推了推鼻梁上的眼镜，踌躇着道："你是'叫早女神团'的……团长吗？哦不，你们正式的名字是'叫早团'，因为团里的女生颜值都很高，所以我们才都叫你们'叫早女神团'。我听瑶瑶说起过，团长是个尤为有特色……不拘一格的人，你看起来确实如此。"

听到对方的话，许轻饰心中有了底，却也因此更加没有底，木木地

答道："对，是我创办的'叫早团'，致力于服务起床困难户，督促大家早点起床，也帮大家买早餐来着。"

林知逸上下打量着许轻饰，心中有着几分难以置信的疑惑。作为金融系的科班出身，他对大学生创业项目关注多多。虽然当时正出国交流项目，但也对"叫早团"有过耳闻，甚至说，有所研究。虽然这个项目还不太成熟，也不具有可复制性，但不可否认的是，它确实在T大有着不错的市场。

不同于一般的大学，T大对大一大二的早课看得很重，通过纪律部查寝、不定期点名等保证大家的出勤率，一旦发现缺勤是要扣掉班级分数的。出于人的惰性、嗜睡、拖延，起床困难户是一个很大的群体。而许轻饰就是从这个点出发，寻到了赚外快的好方法：叫醒同学、代买早餐、代打印材料等。她选对了路子，在推出前还颇有想法地组织了几次宣讲会，发了传单。因此，"叫早团"一经推出就一炮而红，有不少抱着试试看的同学下了订单，很快让她赚了一笔。随着业务体量的增大，许轻饰吸纳了不少对此深表好奇的同学加入了团队，自此就有了"叫早女神团"。后来更是推出了18元包周、58元包月、288元包学期的套餐。从这个"创业史"来看，团长是相当有头脑的人，怎么看都不像是眼前这位泼辣的人……

林知逸下意识地摇头，脸上带出了几分不信，却只是转头问白宇：

"'叫早团'跟你也没啥关系吧？你怎么也凑热闹？"

许轻饰也跟着问："你……是我们的超级会员，白宇？"诚然，她的关注点与林知逸完全不在一个星球上。

白宇看着两人，转了转眼球，财大气粗地说："支持学妹创业啊。这不也是为了通过切身感受客户体验，更好地研究这个项目嘛。"

"撒谎的时候，千万要克服你往右边看的下意识。"林知逸呵呵两声，好心提醒，"所以你并不是为了拿到瑶瑶的联系方式才入会的？"

不得不说，林知逸这着棋下得十分精妙——白宇去参加"叫早团"，可不就是冲着席思瑶去的吗？

大概谁都没想到，吊儿郎当的花花公子也有一见钟情的时候，或者用白宇自己的话讲，那叫命中注定。那天天气太热，他路过小礼堂时想要进去，扮成观客凉快一会儿。恰恰好许轻饰手眼通天地拿到了半个小时礼堂的使用权，铆足了劲让自己的美女团上台宣讲。他进去的时候，席思瑶恰恰低头含笑，眼眉弯弯，颈白如玉。那时候他满脑子都是徐志摩的那句诗："最是那一低头的温柔，像一朵水莲花不胜凉风的娇羞。"再之后，他清醒过来时，就发现自己是第一个报名了超级VIP的人。

席思瑶笑问："学长需要什么服务？"

白宇愣怔："我不是你的VIP吗？"

厚脸皮如他，最后是在几个女生的叽叽喳喳的笑声中离开的，及至后来知道席思瑶当真专门负责他时，差点没高兴得蹦到对流层去。

林知逸必然是猜到了他的心思，才这样来问。

白宇看了看许轻饰，莫名觉得自己掉入圈套，含含糊糊地说："我入会后便是她的专属客户，有她的联系方式也很正常。"

听到他再三肯定的回答，许轻饰确认他是白宇无疑，顿时凉了好半截的心。这么一大摊乌龙，她能钻到哪里去，只得装成傻白甜可怜兮兮道："学长你莫骗我，你真的是白宇？"

白宇诚恳地点头。

"那你怎么不早说！在旁边看笑话很好玩吗？"许轻饰埋怨道，话语中有无法掩饰的尴尬与羞恼。

白宇合手作揖："小人冤枉，实在冤枉。刚刚我一直要解释的啊，姑奶奶、大才子，可是根本没找着插话的机会。"

林知逸淡淡地瞥了眼许轻饰微红的脸，敲了敲桌子道："说人话，解释。"

"那个，昨天不是我堂哥从国外回来嘛，家族聚餐，我就回去了。没想到喝多了，就在家中住下，早上醒来才想起早起的事。也是事赶事，昨天走得急，把当初登记的那个手机落在了宿舍里，担心瑶瑶着急，就赶了早班车回来，没想到……还是晚了。"白宇说着，去拿他的手机。

"别看了，那个手机估计被我打没电了。"许轻饰有些有气无力地说道，"瑶瑶今天有事外出，把你交给了我。我早上打了没有二十个也有十五个电话，后来竟打关机了，一时着急，就从校外跑回来直接杀到宿舍了。"

"宿舍向来泾渭分明，男生不能进女生宿舍，女生不能进男生宿舍。你们的业务是怎么开展的？你今天又是怎么进来的？"林知逸插话。

"是这样没错啦。入团的人，我们会有君子协议，约定手机不能关机，我们一般就是通过早上的'夺命连环call'叫人起床的。从施行以来，从来没有出过问题。来男生宿舍也就这一次，我是假扮男生进来的。"

"你？男生？"白宇瞪大眼睛望她，想要从许轻饰身上看出些男生的迹象来。

林知逸却不耐烦道："继续。"

"真是不好意思啊。"白宇接着上面的话诚恳地道歉，"其实有了这个闹钟之后，我已经好很多了，这次真的是意外。"

"可不是，我早就知道你的名字，还是因为你在大家报上来的困难户排名中一直居于第一的。自从有了懒人闹钟，瑶瑶说你表现挺好。今

天却突然不接电话，我还以为有了什么意外——毕竟'叫早团'向来标榜7点25之前，没有叫不醒的同学，怎么也不能让这块牌子砸在我这个团长手里。"

"这个闹钟，我怎么没见过？无论怎样都关不掉，还以为白宇你是知道我要回来，特意搞的恶作剧呢。"林知逸道，"我出去也就三个月时间，你倒好，添了个嗜睡的毛病，又被一只闹钟给治好了。"他心中有火，此时讲起话来，也是句句带刺，让白宇好不难过。

许轻饰却是没听出来，见对方提到闹钟，好一阵咂舌惋惜，叹道："这可是我淘了好久才买到的，好处多着呢。不仅能治好人的拖延症，还能让人一早起来就练习射箭，好东西。"

笑话，还没射中人就清醒了，怎么可能治不好拖延症？白宇表示一边脸有些疼，无法接话。

林知逸突兀地笑了声："确实是个好东西。可惜我要倒时差，又不明情况，把闹钟给弄坏了，让主人来讨了个公道。只是我这点伤，却不知道要找谁讨公道了……"说着话，他又吸了口气，好似伤口突然疼了起来。

这是对方要来秋后算账了，偏偏还说得这么坦然自若、逻辑分明……许轻饰一时张嘴结舌，无言以对。

其实说了这么久，她已经想起来为什么觉得林知逸这么面熟。在大学里，既然有"美女学渣"这种生物，自然也就有"帅哥学霸"这种生物。

论起T大的风云人物，首屈一指当是金融系学长林知逸——典型的"别人家的孩子"。颜值高不说，偏偏脑子也足够聪明，别人挤破了头才考上的T大，他却是被一路保送来的。在人才济济的T大，他也是极耀眼的一颗明星，校内外各类大奖不知道拿了几个。才大三呢，据说就在许轻饰不知道的某个影响很大的期刊上发了论文。

这样的人物……却被许轻饰一通乱挠抓得满身血痕，又被抓了个现场。她无言以对，只得低下头扫视地面。许轻饰几乎下意识地，又肉疼地看到了闹钟，然后不可避免地，突然就联想到了一脸起床气的林知逸睡眼惺忪去抓闹钟，百抓不中，不得不站起来捉，狂按一番后发现没有关机键，又暴力"撕"钟的场面。那画面简直太美……

大抵是她的表现异常得过于明显，林知逸多看了她两眼。两人对视中，许轻饰错开了目光，又瞟到了他胳膊上的一道道血痕，很想替对方擦去。她一会儿想着要把十几分钟前的自己挖个坑埋了，一会儿又想之前要是没答应瑶瑶多好……一时间，寝室的气氛颇有些尴尬。

白宇忽然对林知逸说："你……要不要先换下衣服？"

林知逸看了他一眼，又去看许轻饰。

许轻饰一脸诚恳道："我不走，真的，我会对你负责的。"

白宇："啊？啥？"

林知逸无语。

"不，不是要对你负责……"许轻饰张口就要解释。

林知逸打断了她，直接问："伤口是不是你挠的？"

"是，可是……"

"那你不负责谁负责啊？"林知逸步步紧逼。

许轻饰与他对视良久，最终率先低下头，闷闷不乐道："哦。"眼瞅着林知逸还不去换衣服，许轻饰几乎要红了眼，"我可不是那么没品的人，说了要担责任就不会逃避。你是信不过我？"

就这智商，这粗鲁的性格，一挑就炸的脾性，竟然是"叫早团"的创始人？林知逸心中哂笑，拿衣服进了卫生间。

目睹了这一切的白宇只觉得自己的双眼要瞎掉了。

是他走错了片场还是林知逸被外星生物入侵了？较起真来的林知逸真的太可怕了，完全忘了对女生退避三舍的原则，还幼稚得让人难以直视。另外……方才弥漫在他们两人中间的诡异氛围到底是什么状况？

他私下啧啧两声，只叹这世界变化太快。

就在这时，许轻饰"扑通"一声坐到了地上。

白宇吓了一跳，连声问道："你怎么了？哪里不舒服吗？"

许轻饰捶了捶腿，摇摇头道："我没事，就是站得太久了。"她早上不到五点半就出早摊，挨到七点的时候又背着硕大的背包往回跑，与宿管阿姨斗智斗勇，同被误会的林知逸同学又是撕扯又是吵闹，此刻真是身心俱疲。

白宇有些不放心，说道："你先在凳子上坐一会儿，等下我送你去看校医吧。"

"不，不用了。我背包里有早餐，买了煎饼果子，你帮我拿出来给我吃一些就好。我缓一缓。"许轻饰有气无力地说。

白宇将她的包递过来，又搬了凳子到她旁边，作势要扶她，被许轻饰义正词严地拒绝。

"你坐地上也不是办法呀。现在入了秋，早上很凉的。"白宇劝慰道。

许轻饰不答反问："你说，我表现得这么可怜，林知逸等下不会真的要算总账，把这事给捅到教导处吧？如果被通报批评，我可怎么办呢？"

看着她忧心忡忡的样子，白宇颇有些于心不忍，且这些事情也与他有关，于是安慰道："没关系，林知逸虽然毒舌了些，但人还是挺好的，不会故意为难你。只不过他大男子主义惯了，你只要像刚才那样，听他讲话，指哪儿打哪儿，也就没啥大事。"

吃了些食物后，许轻饰的精神好了不少，接着又从背包里拿出一袋

牛奶和一块面包，转而问白宇道："你也饿了吧？"

卫生间的门被打开，换装完毕的林知逸咳了一声。

许轻饰与白宇一同看过去。

"干吗？"被盯得不耐烦的林知逸问道。

白宇迅速摇头，许轻饰眼明手快地把递到白宇面前的食物转了个方向："饿了吧？你先吃点，等下去医务室上药吧？"

林知逸看了看她手上的牛奶面包，冷着脸转向了一边，对许轻饰说："快拿走。"

许轻饰心中咯噔了一下。

白宇有些看不下去道："一码归一码，你这样对一个女生不太好吧？"

林知逸沉默了一会儿，解释道："在美国吃不惯西餐，只能将就着吃些牛奶面包，现在闻着这味道我就想吐，起码未来三年我都不会想吃。"

许轻饰"哦"了一声，把牛奶面包递给白宇，又从包里掏出一份煎饼和豆浆："那就吃点常规的中餐吧？"

"你的包难道是哆啦A梦的口袋？怎么什么都能掏出来？里面还有些什么？"白宇惊奇地问。

林知逸接过她的食物，不由得也朝她的双肩包看去。

许轻饰手脚麻利地把包合上，笑着摇头，并不想多说。

早上她搭配了一些早餐在临近一家写字楼的地铁售卖，晚上她会出去卖些手链耳坠什么的……其实效益也还不错。

"你坐在地上干什么？"林知逸像是这才看到她的举动。

当然是为了装可怜，让你放我一马啊！许轻饰瞪大了两个湿漉漉的眼睛望他："学长，千错万错，这次是我的错，千不该万不该，不该没有认清人就上手，伤到了您。您大人有大量，这事咱能不能私了就算了？"

林知逸吃着食物，不点头也不摇头。

白宇开口道："哥们儿，这事我也有责任……说到底根源还是在我。要是我没有阴差阳错回家，还忘带手机，又赶上你回，也不能变成这样。学妹创业多不容易，人小、心急，性子难免就躁些，做学长的你就多担待担待吧，也算给我一个面子。"眼瞅着林知逸有松动的迹象，白宇用眼神示意许轻饰，"这样吧，学妹你带着他去医务室检查一下，消了毒上个药，这事就算这么过去了吧？"

许轻饰连连点头："好的学长，是的学长。"乖巧得与此前判若两人。

在两重视线的双重压迫下，林知逸终于点了点昂贵的头颅，默认了这种处理方式。

　　许轻饰看他点头看得牙痒痒。虽说她有不对，可是谁让林知逸先手撕了她可怜的闹钟？

　　唯一庆幸的是，宿舍楼严进宽出，在他们出去的时候，并未再遭到阿姨的盘问。

　　校医务室离宿舍楼距离800米，然而这短短800米，生生让许轻饰感觉像是度过了三生——她生怕对方反悔，因此不得不小心翼翼开口挑起话头，又怕不小心撞到枪口，只得问对方在国外留学的见闻，可深一些的问了也听不懂，便只能问风景、天气、衣食住行之类。林知逸只用"嗯，啊"之类的回答，敷衍不过去才应两声。

　　好不容易到了医务室，他把长袖撩了起来。护士一下给惊着了："这是被什么抓到了？如果是食肉性的，可得打破伤风针。"

　　许轻饰一听，垂着头不敢看。

　　林知逸不在意地说："没事，舍友养了只猫，太调皮了。"

　　"这可不行，必须要打针的。猫爪上可是有很多细菌的。"护士劝道。

　　林知逸执意不肯，护士也没办法，只得替他涂药，边涂边说："一定要把那只猫丢掉，性子这么顽劣，早晚出大事。"

　　"嗯。"林知逸慢声应道，随意看向许轻饰，却发现许轻饰正盯着他的胳膊。

在护士完工的时候，许轻饰突然出声道："那个，他的上半身也有一些，也得处理吧？"

护士狐疑地看了她一眼，道："肯定得处理。现在天还热着，回头发了炎可就要受罪了。"

"给我药，我回去自己上。"林知逸不愿脱掉上衣，却抵不过护士的生猛。

待衣服脱了下来，看到那么一条一条的伤痕，护士先扫了眼低着头肩膀一抖一抖的许轻饰，又摇了摇头，感叹道："你舍友的猫，这是练的九阴白骨爪吗？年轻人啊，多少要注意些，别总是做了之后再来后悔。"

早就知道会被误会的林知逸心想：解释就是掩饰，掩饰就是事实，随他去吧。

而垂着脑袋做娇羞状的许轻饰嘴角咧得大大的。不管怎样，让对方出了个糗，也算扳回一局，不是吗？

等出了医务室的门，许轻饰嘴边的笑意无论怎样都掩饰不住。

林知逸只想问，对方是不是觉得自己是瞎子？

"所以，我们就先这样，让今天发生的所有事情都过去吧？"许轻饰两眼炯炯有神地望着林知逸，"我的闹钟……"眼瞅着对方嘴角牵出一条嘲讽的线来，她立马缴枪，"啊呀，闹钟也算不得什么啦，回头我

再买个就是了。我们算扯平了吧？"

　　不知怎的，林知逸愣是从她看似正常的话里听出些不屑一顾来，然而如果他再揪着这事不放未免有些不男人了。他点点头道："随你。"

　　许轻饰"哈"了一声，背着双肩包转身就朝远处跑去，脸上依然是灿烂的笑，却带上了狡黠，心中默念道：反正来日方长，回头算账。

　　殊不知在她背后，林知逸站了许久，直到再看不到她的背影，才啧了一声道："来日方长。"

CHAPTER

02

第二章

PLEASE,

许轻饰的赌注，我也要定了啊 MY SENIOR

绘画课，许轻饰踩着上课前五分钟的点抵达了教室，却发现向来早到的老师不在教室，而女生们却是炸开了锅，个顶个地眉飞色舞，脸上洋溢着满满的红晕，叽叽喳喳说个不停。反观一旁的男生们，一个个面无表情的淡然，但是那藏在眼睛里的好奇与期待也是不容忽视的。

"你们这是怎么了？老师宣布这节课不上了吗？"许轻饰随口问身旁的男生。

"当然不是，不过老师刚来的时候，宣布今天请了校草级的人物给大家做模特。喏……"男生懒洋洋地指了指，"她们整群人的情绪就都不对了，像是突然间春天到了。"

恰在此时，有个女生压抑不住的惊呼声传了过来："模特是会裸着的吧？"

"啊啊啊！"

"当真？哇哇哇！要疯！"

……

"女生啊，就是花痴……"男生不认同地摇头，看到许轻饰一脸笑意，又忙补充道，"当然，女神你就要另当别论了。"

许轻饰特别诚恳地说："美好的事物大家都喜欢，我也不例外。"

听了她的回答，男生表示从来没见过这么接地气的女神，眼睁睁地看着许轻饰走到女生旁边，一起与她们讨论起六块腹肌以及人鱼线之类的问题来。

"对了，听说那个男生是金融系的。"一个女生突然说道。

有女生立马接应道："我可听说，他不仅颜值高，还是个大才子呢！"

许轻饰跟着她们欢笑，心里却莫名其妙地打了个突：无他，总觉得这位校草的人物设定十分熟悉。

没过多久，上课铃声响了起来。老师带着人从门外往里走，教室里瞬间响起噼里啪啦的掌声。

老师站了一站，直到听到女生们惊喜的尖叫声，才又带人走上讲台，笑道："第一次受到这样程度的欢迎，有些不适应，愣了下才明白是沾了林知逸同学的光，还真是颜值当道的时代啊。"

教师里好一阵哄堂大笑，有个大胆的女生起哄："老师安心啦，我们都很尊重你的。"

在这一片喜乐祥和的氛围里，唯有许轻饰一言不发目瞪口呆地看着来人。她再三揉捏了自己的眼睛，又问旁边的人："老师说那人是谁来着？"

"金融系的林知逸啊！"

什么叫冤家路窄？从金融系到美术学院，隔着文理综合多少个院系，偏偏还能撞着？许轻饰此时只想摔门绕道。

刚刚还在跟人说她也爱美好的事物，一转头就听到了被啪啪打脸的声音……如果早知道是他，她打死也说不出这样的话，妥妥地要跟男生们站在同一阵线上。她环顾四周，这才发现周围的男生们也已收起了满脸的不屑，目光中里满是艳羡、欣赏。

果然，人要肤浅起来，是不分性别的。许轻饰在内心里吐槽，不屑地撇撇唇角。她不经意地抬头，恰好撞上了林知逸正正看过来的视线。脸上的表情尚未收敛，她僵着脸，一时有些尴尬。

像是看出她的表情，林知逸缓缓眨了眨眼，长长的眼睫如一排黑色羽扇轻扑，引起众人又一阵狂欢。

接着，他像是满意了似的，又冲她昂了昂下巴。

这不就是斗胜的公鸡吗？许轻饰与他错开目光，内心愤愤，各种情绪错乱，连老师在台上讲了什么也没听到，再回神是被旁边的同学提醒："轻轻，下课前要交作业，老师还会抽查几个人拿出来点评。"

"抽查？"

百年不遇啊……

许轻饰茫然抬头，发现老师早已不在教室里了。讲台桌上，是被一群女生围绕着，紧紧皱眉的林知逸。

女生们互相推搡着，或笑着或红着脸搭讪，你一句我一句的，林知逸佯装浑然不知，板着一张生人勿近的脸。

一个女生被伙伴不小心推得靠近了些，林知逸立马抱着胳膊侧身避开，活像要避开什么不好的感染源。女生一下就涨红了脸，眼眶里泪水盈盈。旁边的同学急忙救场："才子，给我们笑一下吧，你把阿宝都吓哭了。"

"怪我啊……可是怎么办呢？不是想笑就能笑，就像她，不是不想哭就能忍住泪。"林知逸回应道。

向来被娇惯的女孩子们被他的言论惊到，没想到对方如此不近人情，又是失望又是震撼，一时都噤声了，随即你看看我，我看看你，三三两两地回到了自己的座位上。

大概只有隔岸观火的许轻饰清晰地看到，被女生围住的时候，他看似高冷，退避三舍，实则浑身肌肉都是僵硬的，在众人散开后，他整个人才放松下来，然后装作无意识地走到了男生堆里。

奇妙的是，原本与他尚有着不可言说的隔阂的男生们，反而跟他有

说有笑起来，飞快地打成了一片。

许轻饰很快地就从他们的目光中看到了崇拜、热络。

所以……其实他也并没有表面看上去那样淡然自若？是怕女生还是怕碰瓷？许轻饰收回目光，无意识地在纸上涂涂画画。

在她收回目光的刹那，林知逸飞快地朝她看了一眼，又收了回来。

刚刚她是在看自己的笑话吗？

他心里憋着一口气，有些不爽地沉思了一会儿，在男生中穿梭，踱着步子走到了许轻饰身边，略带着一丝不怀好意道："原来你是美术系特长生啊？"

许轻饰手一抖，在纸上狠狠划拉了一下。她极力克制自己的情绪，抬头冲林知逸笑。

"呵。"林知逸回她微笑，看了看她又看纸上的画，道，"好大一块肋排，还是被人切割了的。"

什么肋排？明明是胸肌胸肌胸……许轻饰正要发怒，又想到自己画的时候，纯粹是想到了那天见着对方的光景，一时找不到自己的声音。

怒火霎时间无影无踪，半晌后她只得装傻充愣："中午没顾上吃饭，这不是饿了吗？刚刚那一笔手误，就把一整块给切割了。"

"美术学院特长生，嗯？不过如此嘛。"林知逸一字一见血，"T大的特长生，文化课成绩应该不低的吧？你当时……"

"你有完没完？特长生吃你家粮、喝你家橙汁、挡你家Wi-Fi了？管得着吗？统招了不起啊？哦，你肯定是保送，那又怎么了？看我们一群特招生能跟你们这么聪明的学霸们做校友，心中不爽？可是既然T大招特长生，就说明我们的存在是合理的好吧？"许轻饰被触到了痛处，夹枪带棒地蹦词，一副誓与对方辩生死的架势。

林知逸明白许是自己哪句话戳到了不该戳的地方，却是不知女同学变脸比变天还快，竟有些下不来台。他心中痛恨自己犯抽，违反了一贯的原则竟然主动招惹"女生"这种生物，却也不得不善后："同学，你不要过度解读我的话。我确实不了解你们的情况，就难免多问了一句。是，我是说了不过如此，不过那说的也是你画的肋排。"

"我用1.5的视力告诉你，你眼中里的每个不屑我都看得到！"许轻饰怒目圆睁，与他对视。

反而是一旁的同学看不下去，纷纷拉架。

"轻轻，学长是好奇才问的，并没有恶意啦。"

"学长别放在心上了，轻轻是有些overreaction（反应过度）。"

"对啊。其实我们特长生也是因为有优势有特点在，所以才另类的。学长那么聪慧，当然更明白这点，怎么可能是嘲讽呢？"熟知许轻饰痛点的一个同学劝解道。

林知逸冷眼看着相当一部分同学如众星拱月般围着许轻饰，安抚她

的情绪，心中不能不诧异——并不能想到她会有这样的能量，果然不能在敌我军情未探个明白的情况下出言挑衅。

因为这一出闹剧，大家耽误了些时间，转眼就到交卷时间了。许轻饰自然没有交上那大失水准的"肋排"，而是画出了一个秃头大肚的中年大叔，算是泄了心头之气。

鬼使神差地，在课前十分钟回来点评的老师，恰恰选中了她的画。她站在讲台上，带着几分爽意将画卷展开，台下陡然爆出大笑。有几个男生指着它笑得上气不接下气，女生们则很快镇定了下来，悄声为偶像抱打不平："这样搞怪，对偶像太不公平啦！抗议抗议，还我男神。"

许轻饰只当没听到，憋着笑，语气平平地陈述："大家都知道，今天我们的模特是帅气英俊的，大家的画也都带着三分神似。我就进一步寻思，俗话说三岁看老啊，我们初中的时候也读到过，小时了了，大未必佳。所以综合我们常见的大叔面貌，我就畅想了一下学长未来的模样。如有误伤，学长勿怪哦。"说这话时，她还调皮地眨了眨眼睛。

一个美少女做这样的表情，大多狡黠中带着十二分可爱。可是林知逸看着她恶意满满的画，心知对方是在演戏，却也只能怒在心头，无法辩驳。

"这个……画风确实不太一样，不是许轻饰惯用的笔法，不过我们也是鼓励创新的。画画与做学问是一样的，大胆尝试，小心求证。"老师说这话，却轻轻摇头。

他大概看出两人有隔阂，有意为自己的学生调解，便又道："就是不知小林同学怎么看？会不会觉得是故意丑化了……"

横看竖看左看右看，都是小女生看他不顺眼，故意为之，可他能怎么办？林知逸忍下一口恶气，望着许轻饰说道："我美术细胞奇缺，并不太懂，但也能看出这幅是迥然不同的画风，算得上一股清流了。感谢许同学，我一定时刻铭记，避免自己走上这条路。"

哦，不是时刻，铭记着报复回来就好。

许轻饰回望他，冲他挤眉弄眼，心中无比舒畅。

老师并未看到两人的小动作，闻言赞道："不错不错，林同学年纪轻轻，能有这样的胸襟、涵养和见识，当得起金融系才子的名声了。"话如此说，到底他还是另外点评了好几名功夫了得的同学的画作，并借机盛赞了林知逸一番。

林知逸闻弦歌而知雅意，知道老师是担心自己心中对此耿耿于怀。可是他与许轻饰之间的恩怨，岂是如此简单就能化解？害他出糗，连"冰山才子"的人物设定也一并丢了，怎么能凭借他人的几句话就化干戈为玉帛呢？

"刚刚那些话，怕是你把能用上的词汇都用完了吧？"课后，林知逸冷笑着问。

"自然只是冰山一角，要是你需要，我还大大地有。"许轻饰勾着嘴角，竭力不让自己笑出声。

林知逸冲她颇有深意地一笑。是时候让这个小女生知道天有多高地有多厚了。她现在不懂？没关系，马上就能懂了。

于是，为了一时爽快，许轻饰在懵懂而不自知的情况下，结下了一位强劲的敌人。

接到校学生会下达到院系学生会的"学生纪律风气"整改通知的时候，许轻饰整个人愣了足足一分钟，内心仿佛有千万只"神兽"呼啸而过。

"我……为什么突然开始禁止学生在校园内做生意呢？我们'叫早团'造福了多少学生，难道没人看到吗？要是让老娘知道是谁的点子，一定要给他好看！"许轻饰愤怒地喊道。

"这可怎么办呢？'叫早团'是不是要停一段时间了？臣妾刚加入没多久，办不到啊！"

"就是，岂是他们说停就停的？我们是有益组织，对学校、对学生、对自己都有好处，多方受益，应该据理力争才是。"

"对对，我们要找他们讨个说法。"

"叫早团"里的女生一句接着一句，士气高昂，眼瞅着就要揭竿而起时，一直沉默的席思瑶忽然开口道："可是我们去找谁要个说法呢？难道要对着校学生会的每个人去讲理？"

说起来容易，可是操作起来确实有难度啊。

被她这么一盆冷水浇下来，大家又打起了退堂鼓。

"要不然，咱们先停一段时间，看看形势？"席思瑶劝道。

许轻饰想也不想地驳回："这肯定不行！我的赚钱大计现在就夭折的话，那排在后面的梦想就都要胎死腹中了！"

"可是如果明着跟学生会对抗，我们会不会被处分呢？"一个女生担心地问。

这句话引起了大家的隐忧——毕竟赚小钱大多是一时兴起，如果因小失大，就得不偿失了。

"团长，要不就先停掉吧？"

许轻饰皱眉摇头，缓缓道："或许……如果我们能拿到内幕消息就好了，起码要先知道是为什么出了这样的政策。"

席思瑶接着道："这么一说，我倒是有了想法。轻轻，你还记得白宇吗？"

许轻饰狠狠点头："怎么可能不记得？我生平第一次那样狼狈地出入男寝，全拜他所赐！"也是因此，认识了没人品没人性的金融才子林知逸！

"他认识学生会的人，说不定能帮我们打探到什么。"席思瑶道。

"你打听一下？"许轻饰立马来了精神。

席思瑶沉默后点头，拿起手机，拨通了白宇的电话，在寒暄了一阵后道："学生会新出了禁令，'叫早团'要被砍掉了。"

"我就知道这样，就知道……唉！"白宇颇为遗憾，大概是做了运动，有些喘，"我室友不是学生会宣传部部长吗？也不知他脑子抽了什么风，跟学生会会长侃大山，侃着侃着就出事了。"

"你室友？"席思瑶紧接着问了一句。

"啊哈哈……也不是。总之虽然以后'叫早团'不在了，但是我们还是朋友吧？"白宇转移了话题。

然而为时已晚，他无意中泄露出的"室友"，以及之后避而不谈的态度，已将肇事者暴露无遗。

"问他们现在在哪里！"许轻饰比着口型说。

"你还好吗？听着你的声音不太对。"席思瑶道。

白宇："哈哈，我刚在打网球来着。"

席思瑶又问："不是学校的体育课吧？"

"不是的，我们是在西门旁边的俱乐部。"白宇不疑有他，彻底暴露干净。

待席思瑶挂了电话，许轻饰气冲冲地喊道："我一定是跟他八字不合、五行相克！怎么哪儿都有他？"

席思瑶安抚道："既然知道是谁，接下来就可以有针对性地想对策了。"

"对！"许轻饰凝神，突然就想起课堂上被女生们围攻时林知逸的样子，眉头一皱，计上心来，"我们的作战方针有了，中心思想就一个字：死缠烂打！软磨硬泡！"

"报告团长，那是两个词，八个字。"一个女生立马纠正。

"哦，我小学数学是美术老师教的。"

……

好好的宣誓大会，转而变成了调侃大会，最后许轻饰硬生生把话题拉了回来："好了甜心们，我们的口号是……"

"没有蛀牙！"大家异口同声道。

许轻饰一拍桌子，扫视了一圈，重新带头喊道："死缠烂打，软磨硬泡！不达目的，誓不罢休！"

本着择日不如撞日、撞日不如今日的精神，许轻饰率领一群娘子军，浩浩荡荡朝着西门冲去。

白宇亦是远远见到这么一群女生声势浩大地拥来，才意识到他把林知逸出卖得一干二净，深知无法逃掉，只得连连冲林知逸示意："那个，刚刚瑶瑶给我打了个电话，说了'叫早团'的事情……"

"So what（那又怎样）？"林知逸冷哼了一声。

"我寻思着，女生们也着实不易，就安慰了两句。一不小心说漏嘴了，提到了我的室友。"白宇吭吭哧哧地说道。

林知逸瞪大了眼睛望他："你这是妥妥的见色忘友……我要对人性绝望了。"

"改天我再跟你负荆请罪好了。咱们眼下怎么办，逃跑吗？"

"跑哪儿去？"林知逸朝陪练打了个球，慢悠悠地说道，"多余的事情不要做，装成没看到就好。来练球，记住，要按照课堂上老师说的来，起个标准范儿。"

白宇："啊？"

他必须承认，自己的心理远远没有对方那么强大，尤其想到即将面对的是一群高颜值少女，她们的杀伤力简直无法想象啊。

然而出人意料的是，原本气势汹汹的娘子军临近后，除却许轻饰，其他人都瞬间安静了下来。

作为IQ与颜值并重的"风云人物"，已经大三的林知逸虽身在金融系，美名却早已传遍整个学校。奈何他本人向来低调，再加上经常要处理留学项目，大部分时候都是神龙不见首不见尾的。

"叫早团"的团员们又都是大一大二的，对这位学长慕名已久，此刻乍一见，不由心折。

要说最难穿的衣服，当属运动服，大多宽松，然而穿在林知逸身上，却有别样的帅气。

上灰下黑，颜色极素极简，线条流利地勾勒出倒三角的身形，白色网球帽下是如白玉雕琢的一张脸。

因为运动的缘故，脸颊起了红晕，愈发显得他皮肤白嫩。

"啊啊啊，我知道学长帅，没想到学长这样帅！"

"竟然真的活捉真人版！感觉要开心一个学期了！"

"学长的皮肤真好！好想问问他用什么洗脸、用什么护肤！"

"我还想知道学长眼睫毛怎么能长得那么长那么好看……"

……

"喂喂！"许轻饰看着一个个犯花痴的团员，恨铁不成钢地说，"别忘了我们的目标，目标啊！"

"啊，什么目标？看到学长我们就心满意足了。"

"对哦，赚到了赚到了！"

团员们嘻嘻哈哈，再无人想起不过几分钟前的"誓师大会"。

听到女生们的窃窃私语，林知逸勾起了嘴角。

什么叫不战而屈人之兵？如他这般受命运眷顾，占尽天时、地利——网球隔网是绝佳的物理障碍、人和——遇到的是一群虽可惧亦可爱的女生，便不得不胜了！

看见他的笑颜，隔网外面的女生们少女心沸腾，不时爆出尖叫，纷纷拿出手机拍照。

时值此刻，遭遇团员全盘倒戈，许轻饰不得不改变策略。看着场地上懒洋洋地保持着一个动作练球的林知逸，她一再地跟自己说冷静，然后冲着里面的人甜甜地喊话："学长，让我也打一局吧？"

林知逸停下来，与她对视，视线从她的高马尾到oversize的T恤，再到运动鞋，笑允："好啊。"

许轻饰借机提要求道："那能不能讨点彩头？输了的一方答应赢了那一方一件事情。"

林知逸高深莫测地与她对视，在她心中七上八下的时候，点头道："可以，就是不知道，你输了的话……"

许轻饰确实没想过自己会输——就他那三脚猫功夫，还不是要被自己吊打？

看着许轻饰久久不答话，林知逸替她答道："不如你输了的话，你想要我做的那件事情就不要提了。"

这不是明晃晃的揣着明白当糊涂，知道自己是为了什么来的吗？奈何人单力薄，许轻饰明明占着正理却敢怒不敢言，笑答："那敢情好。"

等戴好了护腕再站到与林知逸对立的场地里，想到对方要被自己打趴下的情形，许轻饰内心好一阵热血沸腾。她抖擞抖擞精神，无视那帮少女心爆棚的少女们，冲着对方喊道："来吧！"

没能料到的是，在接下来的十分钟内，许轻饰被对方忽悠着满场跑，见识了什么叫学霸式的吊打。累到气喘吁吁，再无力气反击的时候，她一下坐在地上："不玩了，你耍赖！"

"陪练可鉴，我哪里耍赖？"林知逸问道。

许轻饰嘟囔道："刚还没开打的时候，你明明，明明……"

"明明是入门级的对吧？只会练那一个动作？"林知逸替她说了出来，紧接着同情道，"那你知不知道，网球课的教练是国家一级运动员出身？他要的是规范化，仅仅刚刚那个动作，我们就练习了两年。"

许轻饰"啊"地张大了嘴，心中满是懊恼。可是她和身边的朋友都没选网球课，怎会知道这课程竟是如此？

林知逸轻哂了一声，道："所以我和白宇手痒痒的时候，就会一起出来找陪练对打。"

"没错。就是刚刚你们过来那会儿，他们才开始保持练习发球的动作。要是懂行，是能看出来他们比我还标准咧。"在一旁的教练帮腔道。

至此，许轻饰只想以头抢地。她这已经不是"明知山有虎，偏向虎山行"的匹夫之勇了，而是径直跳进对方准备好的坑里。她往日是多么

精明的一个人，为了崇高理想，为了赚钱大业，在各种环境中切换自如，没想到遇到林知逸后，好像一下子把好运气都用光了。她像是《守株待兔》里的那只兔子，再而三地撞上树墩，被林知逸逮住。可是农夫也有好运气用尽的时候吧？认真地数了数，许轻饰已经接连输了三次给对方，再来一局的话，怎么着都该是自己赢了。

出于对自己谜一般的自信，许轻饰站起来，整理好自己的衣衫，然后正式宣布："很好，林学长，我决定要跟你杠上了。"

"哦？怎么个杠法？"林知逸带着几分好奇问道。

"以后的场合，有你没我，有我没你！"许轻饰发下狂言。

"Excuse me（打扰一下）？"林知逸追问道，"那又是怎么个没法？"

"当然是打败你了！"许轻饰有些鄙夷地解释。

林知逸点头，又漫不经心地说："哦，刚好一周后有个辩论赛呢。"

是时候见真章了，她怎能错过！

许轻饰忙不迭地说："我会去参赛的，而且会站在你的对立面，把你反驳得一无是处！"她高昂着头，仿佛已看到胜利在朝着自己招手，雄赳赳气昂昂地补充，"到那个时候，你要撤销不允许在学校做生意的禁令，还要在周一全体人员参加的校早会上，当着所有人的面向我道歉！"

林知逸赞道："想法不错，不过如果你输了呢？总得有来有往才公平吧？"

许轻饰沉默，低头沉思。

"轻轻！"席思瑶隔着拦网冲她摆手摇头，"我们不急这一时的，不要冲动！我们先回去商量商量呀。"

"如果害怕了，也没关系，反正你连输的勇气都没有。"林知逸故作深明大义地劝道。

许轻饰反驳道："我只需要赢的勇气就好，谁像你一样！"

"你知道一个赌徒，什么通病最可怕吗？"林知逸突然好心地开启了教学模式，谆谆告诫，"就是他们永远不知道底线在哪里。没有设定一个触发止损的条件，没有舍弃沉没成本的果决和明智，就只能周而复始地沉迷进去，一发不可收拾。"

许轻饰最烦人长篇大论地说教，尤其还是自己的对手，当即不满地说："废话少说。你说，如果我输了怎么办？"

"你输了的话……"林知逸眯了眯眼睛，道，"不如这学期都在学生会里打杂吧。当然，无偿的哦。"

不待许轻饰应下，匆忙冲进来的席思瑶拉住了她："学长，先等一等。"然后又转头劝解，"轻轻，你千万不能答应。你可能不知道，学

长是辩论社里的常客，还是讲师级别的，口上功夫一流。大二的时候，他就在国际大学生辩论赛上一战成名了。要是你想看，还能找到那时候的视频呢。至今我还记得，辩论到最后，连对方辩友都为他鼓掌，过了好一会儿才发现不对，闹了挺大的笑话。事后那场辩论被传扬许久，简直是辩论界经典的教材版本。"

许轻饰咬着唇沉默，席思瑶又劝道："听我的话，把这场赌取消了。不就是个'叫早团'嘛，我们回去肯定还能想到别的法子，不会就这样让你的大计夭折的！"

全程冲着席思瑶摆着笑脸摇尾巴的白宇，听到这里，心中一时五味杂陈。他呵呵了两声，说道："依我看，这赌注确实该取消。"

林知逸闻言，表情不明地望着他，许轻饰也一下把目光对准了他。

看到自己成功吸引了全场注意力，白宇扬声解释道："一鼓作气，再而衰，三而竭。女神你屡战屡败，听瑶瑶的话，也是起了败心的，几乎注定了结果。既然结果已定，又何必把自己赔进去呢？不如尽早取消的好。你看咱们大才子哪儿都好，就是冰山了些，也从来没有怜香惜玉的意识。你要是去了学生会，可不得被可个劲儿地使唤？可怜，可怜。"说着话，他轻轻扫视席思瑶。见对方皱着眉，却并没有看林知逸，心中不安于是减轻了不少。

他的话，句句像是劝慰，头头是道，偏偏字字诛心。既成功地激发了许轻饰的一腔战意，又不着痕迹地踩了林知逸一脚。席思瑶听得出，林知逸自然也听得出。三人快速地交换了眼神，又飞快地移开。

许轻饰此前悄悄萌生的悔意已然消失得无影无踪，她以八匹马都拉不回的决心应战："就这么定了！一周后辩论赛，如果我赢，你道歉并且撤销那条禁令。如果我输，就甘愿做牛做马，无偿去给你打杂。来来来，Give me five（击个掌吧）！"

林知逸与她击掌，冷笑着道："其实也不必这么麻烦。你到时要是不来，我也理解的。"

"你才是胆小鬼呢！"许轻饰冲他不雅地比了个手指，接着道，"等着被我打败吧！"

早在白宇火上浇油地说出那番话时，席思瑶就知道，赌局已定，无可挽回。事已至此，她只能在准备辩论的环节上多帮帮许轻饰了。

她拉着许轻饰要走，又被白宇叫住："什么时候一起吃饭呀？"

席思瑶白了他一眼，打算不理，又被许轻饰拉住衣角，默默地在她手心里写了两个字——"情报"。

席思瑶心思急转，想到是要通过他来获取林知逸的信息，便不冷不淡地回道："好啊，回头看时间。"

"我一直有时间，等你啦。"白宇答了一句，席思瑶没再回复。

她俩要走，娘子军也不好再留，便跟着二人往学校走，边走边悄悄

议论。有胆大的甚至跑到许轻饰身边说道："林学长很不错的，要不然我们就从了吧？"

许轻饰哭笑不得道："你不能因为他帅就给他特权啊。我们是要一条生路，而不是为了颜值就没有原则啊，小妹妹。"

"为什么？"女生极有力地反驳，又丢出了一颗重磅炸弹，"老实说，你俩一起打球那会儿，我们都觉得你们好般配的。男神女神，完全满足了我们心中的幻想。"

"你说啥？再说一遍。"许轻饰黑着个脸，沉声问道。

女生好似吓了一跳，跑回到娘子军中，几人嘀咕了半晌，又齐刷刷道："男神女神，天下无敌嘛，哈哈。"

许轻饰作势要追，几人风风火火地跑开，将她与席思瑶完全抛下。

终于静下来后，许轻饰看了又看席思瑶，终于忍不住道："你别板着脸啦，是我应战，又不是你，你担心什么？"

"你是不知道学长厉害。"席思瑶摇头道，"你知道吗，大二那场比赛后，他再没有出现在辩论现场过，只当幕后指导。为什么呢？因为大家都不愿意成为他的对手，他已经成了那些人的噩梦。白宇也真是，严重偏帮着学长，欺负人。想想你一点底子都没有……"

"没事。你不要怪白宇，虽然他是我应战的导火索，但根本原因并不是他。我与林知逸，早晚有一战的。再说了，林知逸不是也很久没出山吗？说不定时间太长了，技能生疏，他一下就输了呢？"许轻饰一想到那样的画面，就觉得美不可言。

"你可真乐观。"席思瑶叹道。

许轻饰摇头道："我知道你想说我盲目乐观，可是我们还有终极武器——白宇啊。可以从他那里套套话，说不定能问出一些有用的东西来。"

席思瑶沉思后点头道："这倒是个办法。我们把他约出来，一起聊聊看。现在我们先回去，我要对你进行赛前指导。"

许轻饰满口答应，直到……席思瑶把移动硬盘插到她的电脑上，并附赠了一摞厚厚的A4打印资料。

"硬盘里是一些经典的辩论现场，有学长出席的我都标注了，你认真看一下。这些打印资料是我以前搜集的，从新手入门到进阶的技巧，你也要看看，说不定哪里就用上了。"席思瑶一一道来。

许轻饰一脸茫然地望她，几次张口又闭口，最终憋出来一句话："瑶瑶，没看出来原来你是辩论界专家啊？"

席思瑶摇摇头："以前兴趣使然，就看一看啦。"

"有瑶瑶在此，我还愁什么？"许轻饰给了她一个熊抱，然后又可怜兮兮道，"我觉得有你就够了，这些A4纸，我能不能不看了？"

"当然不能。"眼看着许轻饰的焦虑不似作伪，席思瑶才又道，

"早知现在，何必当初？现在你已经应下了，这方面的常识还是要懂一些，不然容易贻笑大方啊。那些资料并不难，其实都是注意事项，用来临时抱佛脚，很有用的。"

许轻饰把自己摔到床上，闷声闷气道："那我也不想看这些资料。一看这么多字，我的头都大了。"

席思瑶无奈，只得道："你先看着，我约白宇出来聊聊，看能不能探听些什么。"

许轻饰一个鲤鱼打挺坐了起来，双手合十，眼巴巴地望她："拜托了！"

无意给自己领了一个大任务的席思瑶，只得尽职尽责完成自己的任务，出门就约了白宇，一心一意打探林知逸的事情。

佳人有约，白宇慨然赴宴，哪怕对方是想要了解自己的室友。待两人在咖啡厅坐下，他也不多说废话，直奔主题。

"林知逸吧，典型的'别人家的孩子'，品学兼优，大家也都很喜欢。只是呢，他很少会跟女生玩到一起。"白宇眼瞅着席思瑶搅拌着咖啡的汤匙没有半分停顿，转而说到正题，"那场辩论赛后，他确实很少出场，但是在遇上国际盛事的时候，他还是有参赛的。"

席思瑶心里咯噔了一下，知道这是场攻坚战了。她起身走的时候尚有些神游物外，并没有意识到与他们隔了一个卡座的人，赫然便是谈论的主角——林知逸。

　　说来也是巧，林知逸与白宇刚到咖啡厅，白宇就接到邀约，两人便就近等待，待人来了，林知逸才到一边避让。没曾想从头到尾，席思瑶都没注意到他。

　　看着人走了出去，白宇才走到林知逸身边，笑道："看到瑶瑶对你本人并不是很感兴趣，我就放心了。另外你注意收敛一下好吗，不要冲着谁都放电。"

　　"你尽管放一百二十个心，我对她不感兴趣。"林知逸白了他一眼。

　　被堵了回来的白宇并不生气，反而嬉笑道："难道你对许轻饰有意思？可别说你随便掐指一算，就算到瑶瑶找我是为了问你的事情，还把你的'近况'这样透露出去。"

　　林知逸望了他好半天，没说出一句话。

　　本来还以为会被再次顶回来的白宇惊呆了，他跑到外面转了一圈又回来道："我还以为今天太阳是从西边出来的呢？看我发现了什么？向来巧舌如簧的林大才子竟然对这个问题无言以对？你何时关注过其他不相干的人，偏偏这个许轻饰入了你的眼？"说到最后，连他自己都觉得有些惊悚。

　　林知逸见他愈说愈多，便抬脚要走："你有空琢磨这个，不如期盼

你的瑶瑶多来找你。"

"啊……你等等我，你还没说呢，我刚刚是不是说到你心坎里去了？"白宇紧紧跟在他后面问。

林知逸埋头直走，并不理会。

究竟是不是说到心坎里了呢？

要说起来，他从来不屑、不想、不愿与女生打交道，正面遇上时，能退三尺是三尺，能离三丈是三丈，为何偏偏碰上粗鲁、野蛮的许轻饰，就一再坏了自己的原则？为什么他会忍不住，甚至于主动去挑衅、激怒对方，看着对方被自己激起各种小情绪，甚至顺着自己思路走的时候，会不由自主有些愉悦呢？也或者……尽管，有一万个不愿意承认。也许，确然如白宇所说，他对许轻饰有了不一样的感觉。

可是这又能怎样呢？他在心中轻笑，无论如何，辩论赛他会赢。许轻饰的赌注，他也要定了啊。

然后，他们会有大把时间来探究这个问题呢。

第三章

CHAPTER
03

PLEASE,

记清楚了：只有我能欺负许轻饰 MY SENIOR

忙碌起来的时候，时间总是过得很快，转眼间，约定好了的辩论赛就要开场了。

在比赛现场看到许轻饰时，林知逸多看了她几眼——活似遭遇了惨无人道的碾压，她整个人瘦了许多，神色间是无法掩饰的憔悴。

"你瞅我干啥？"许轻饰恶声恶气地道。她心情不佳，这几天不知伤到多少无辜，此刻看到当事人，自然没有什么好言相对。

因着她那口不知道跟谁新学的浓重的口音，林知逸直接对上了下半句："瞅你咋地？"话一出口，他便发觉不对，郁闷又懊恼，紧紧闭上了嘴。

然而为时已晚……绷了很多天的弦似乎一下松了许多，许轻饰不给面子地哈哈大笑，得意得让人有些不忍心。

刚还在自责可能对她苛刻了些，犹豫是否要放水的林知逸冷笑了一声："He who laughs last laughs best（笑到最后的是笑得最好的）。"

许轻饰几乎是下意识地辩驳："我们是应该尊重结果，但是你也不能否认过程。完全以结果为导向，而忽略了沿途走过的花花草草、莺歌燕舞，不仅是得不偿失，而且是个悖论。没有踏踏实实走过的一步一个脚印做铺垫，哪里有建成的高楼大厦？铁凝说，'成功的花，人们只惊羡她现时的明艳！然而当初她的芽儿，浸透了奋斗的泪泉，洒遍了牺牲的血雨'，也佐证了这一点。我们关注结果的同时，更要正视过程，它才是最重要的。"

原本忙碌有序的现场一下安静下来，大家都诧异地望向许轻饰。

许轻饰傲视了一圈，补充道："所以哪怕你笑到了最后，但是这个过程我很享受，也开心过，便不能说你的结果是最好的。"

说好的粗鲁野蛮的人物设定呢？林知逸定定地望着她，直到对方眼神里闪过一丝慌乱，才又微微笑道："很好。"许轻饰的神色刚要缓和下来，便又听林知逸补充道，"希望等会儿在赛场上还能看到这样的你。当然，如果没有把冰心说的话安给了铁凝，在佯装自信的时候语气快而不飘，再坚定些就更好了。"

"胡说！老娘岂止自信，简直是自信满满！你才是佯装淡定的吧？是没想到老娘才思泉涌，能说会道，所以慌乱了吧？"许轻饰强词夺理地喊道。

"轻轻。"席思瑶轻轻拉了她一下，摇了摇头。

林知逸不欲多说些什么，点头走开，去后台准备。

　　看着对方完全消失，许轻饰如饱满的气球一下跌坐在了椅子上，吓了席思瑶一跳。

　　"可能，真的是要输掉了……"她的语气中带着不自然的焦躁，"你看，刚刚那段你教我背的，原来要用在辩论赛上的，结果我一下就说了出来，等下辩论的时候我要说什么呢？"

　　这次辩论赛的主题是"论结果重要还是过程重要"，许轻饰这一方的观点则是"过程重要"。为了应对不同情形，席思瑶为她准备了诸多资料。她焦头烂额背了这许多天，委实心力交瘁，自信与警惕心都大大降低。因此林知逸稍一试探，便露了底。

　　"辩论中第一重要是立场，第二重要是气场。方才这一出，许是他刻意为之，先在心理上打败你呢？"席思瑶冷静地分析。

　　"对对，一定是男神的心理战术！团长你不要怕他，快恢复血槽，等下要让他见识到什么是元气少女！"

　　"其实你想，最坏的结果又能坏到哪里去？不就是去学生会里给学长做小跟班吗？想想多美好的事，也就团长大人你觉得糟心啦。"

　　话说到此处，作为亲友团的"叫早团"一众少女心思活络起来，又开始叽叽喳喳个不停。

　　"我才不想去做什么小跟班！说起来你们不是我的亲友团，而是他的暗线吧？"原本紧张万分的许轻饰听她们嬉闹，反而有些放松了，不由打趣道。

"怎么会？自然第一爱团长大人啦，不过男神就是占了一点点的优先级……"女生笑着，比着小拇指尖道。

"经不起一点点考验的人性啊。"许轻饰叹道，哄着她们各就各位，"行了，都快撤吧，我准备一下也要上场了。"

席思瑶临走前又有些不安地看了她一眼。许轻饰强笑着撵人："我知道啦，准备工作做了那么多，不赢回来岂不白费了你的一番心思？"

"轻轻你不必……"

"嘘。"许轻饰冲她做了噤声的手势。

席思瑶无奈，只得拍拍她的肩，转身离开。

无人知道，假如此前还有不到50%的成功希望的话，在与林知逸对阵那片刻，许轻饰的心气已被消磨得一丝不剩。她竭力淡然，却无法掩饰越来越弱的气场和极度扩张的不自信。她竭力压制住焦灼和暴躁，深吸了两口气，便走上了台。

台下，是满满的围观的学生。他们热情而期待地喊着林知逸的名字，直至评委再三宣读规则，大家才慢慢平息下来。

形势确实不太好了，全神贯注专注着许轻饰的席思瑶有些头痛地想，直到被人拍了肩膀："你还好吧？"

她抬头，望见红口白牙笑得一脸灿烂的白宇，不由道："还好，谢谢你。"谢意十足，态度却也是十足的敷衍，甚至连人都没多看一眼。

白宇感叹道："不是准备过河就拆桥吧？好歹我劳心劳力插了朋友

一刀才……"余下的话音在席思瑶的白眼中打住。

"当然是真心实意的谢。"席思瑶目不转睛地对白宇说，"要不是你拿来海量的林知逸的私密资料，还帮我研究他惯用的战术和技巧，今天这一战我简直无法想象。"

效果好得过度了，白宇莫名心虚。他张了张嘴，又道："话说过了今天，咱们的约饭是否可以提上日程了？"

正在这时，周边的同学们发出了爆笑声。席思瑶连忙朝台上望去，发现许轻饰正一脸涨红。

"咦，看排位，她应该是四辩。难道现在就到了总结陈词的时候？"白宇诧异地道。

自然不是。比赛才刚到二三辩对攻的时候，许轻饰却一时情急脱口而出，直接打乱了最初的安排。

而仿佛就此打开了潘多拉的盒子，噩梦一个接着一个……措辞颠三倒四，更是犯了不能直视的常识性的错误，就连赛前林知逸纠正的作者名称，她也没能好好记住。难为她已打定破罐子破摔的主意，立志输人不输阵，到了这种情况，便不再死记硬背席思瑶给的资料，而是拿起自己的草稿侃侃而谈。

而这一切，看在诸人眼里，却是十足的贻笑大方。林知逸俨然也没料到，自己久不出山，刚一出来便遇上这种信手可碾压的对手，因此哪怕从头赢到了尾，他也没露出一丝微笑。

这场比赛对于许轻饰是一种折磨，对于林知逸来说也没有好到哪里去。直至比赛结束，两人都活似经历过一场生死搏命的战斗。

围观了团长被吊打的全过程，席思瑶不由愤愤道："林知逸欺人过分了吧！明知道轻轻是菜鸟，还这样不留余力……"

白宇欲言又止，最后还是替他多争辩了一分："不是因为他是我室友才这样讲——这场辩论赛，即便门外汉如我，也能看出他并未怎么出力。"

心知确实如此，可到底意难平，席思瑶顾不上与他多言，在许轻饰退场后便匆忙跟去了准备室，在门口与林知逸撞了个正着。她强撑着门口不让对方进。林知逸问道："这是打算食言而肥了？"

屋内的许轻饰听到了他的声音，似料到了一般，头也不抬地冲门外喊："瑶瑶吗？没事，让他进来吧。"

二人这才一同走了进来。席思瑶犹自以保护者的姿态站在许轻饰身边，却惊奇地发现，对方神色竟是比赛前好了许多。

看着如牛般大口喝水的许轻饰，林知逸勾了勾嘴角——这才是"打开"许轻饰的正确方式啊，啧啧，一如既往的粗鲁，不知淑女为何物。

"有话快说，有屁快放！"许轻饰看到他嘴角的那抹嘲意，有些不耐烦地说。反正她已经里子面子折得干净，又深知逃不开为奴为婢的生活，索性不再瞻前顾后，将自我释放个淋漓尽致。

林知逸将对方的不耐看在眼里，心中好似有羽毛划过，轻轻挠了一

挠。他竭力压着声音，不让自己显得过分得意："别忘了我们的赌注。今天调整一天，就从明天开始上岗吧。"

许轻饰哼了一声，眼瞅着对方还不肯走，便又恶声恶气道："明天才开始算呢，那现在你可不可以立刻、马上、马不停蹄地给我消失？"

林知逸眯眼看了她一分钟，"哦"了一声，说道："那么，明天见。"好好的一句话，被他隔音隔得稀里古怪，听得许轻饰一身鸡皮疙瘩。

席思瑶待林知逸走了之后，很是仔细看了许轻饰一会儿才道："轻轻，你现在看起来……状态还不错？"

"当然啦！你还不知道我吗，考前重度焦虑症患者，考后就成了一匹脱缰的野马……"

眼瞅着许轻饰越说越没谱，席思瑶连忙截断她："你明天真的要去学生会打杂？"

许轻饰哀叹一声，恨不能在地上打滚撒泼："臣妾不想去啊……"因生得美，她便是装哭，也别有一番韵味。

偏偏罪魁祸首注定看不到这些。林知逸一路回去，嘴角都是翘起来的。白宇跟在他身旁，停停走走。最后还是林知逸率先道："你这是背着我做了什么？速速招来。"

"我只是不明白。你看，一边激起人斗心的是你，让我偷偷摸摸把你的资料啊战术啊送给对方的也是你，到底你是想让对方赢还是输呢？"

白宇充分表达自己的不解，"这是其一。其二的话，但凡她有些出彩之处，你区别对待我也没二话。可是你都做到这种程度，她还表现得如此之差……性格也不见得怎样，你又是为了点什么呢？"

"嗯，是个好问题。"林知逸慢悠悠地答道。

……

等了许久也听不到对方再多说一个字，白宇差点以为自己漏掉了什么："所以呢？"

"嗯，所以什么？"

"你不给我解惑？"

"我说了让你问，可是没说要回答。再说了，与其在我这里找不可能有的答案，不如多花点心思在你的瑶瑶身上。"林知逸丢下这句话，扬长而去。

白宇表示突然想把对方拉进黑名单。

许轻饰正式上岗后，总觉得哪里有点不对。然而她并没有太多思考的时间，一直被林知逸招呼得团团转："许轻饰，校对一下这学期的宣传计划，没问题的话打印一份给我。""许轻饰，做个时间表，看看什么时候去跟那几家电商谈合作。""许轻饰……"

一开始她还会懵懵地问："啊？什么？东西在哪里？是做什么的？能再说一遍吗？"而林知逸则会反问："不如你去跟我们的保安哥哥谈

谈人生哲学的问题？"

"啊？什么人生哲学？"

"你从哪里来，到哪里去？"林知逸嗤笑道。

许轻饰语结，只得打起十二分精神来应付。只是她早上仍是出了早市才来，一直忙得忘了早饭，没过多久就有些晕头转向。她扶着桌子好一阵喘气，听得"啪"的一声，一包士力架贴着手背砸到了桌子上。林知逸眼皮都不抬地说："果然想叫马儿跑，还是得叫马儿吃草哦。"

"你……"许轻饰嚼着士力架，兀自嘟囔。

"叽里呱啦的，你在说什么？"林知逸笑望着她，不徐不疾地问，"在骂我？"

许轻饰涨红了脸，险些被士力架卡到了嗓子里。她手忙脚乱拿过他桌前的矿泉水一阵狂灌，好不容易平息下来才道："并没有啦，只是夸学长你是个好人。"模样十分乖巧可人。

"得了吧，我可不想收好人卡。"

林知逸盯着她嘴角良久，直盯得她脸部发红，忍不住问："你瞅我干啥？"

林知逸扔了一包纸巾给她："擦擦你的嘴角。"

"哦，谢谢了。"许轻饰狠狠擦着嘴角。一想到有些粘牙的士力架和可想而知的粘在嘴边的样子，她就有些不想认识自己。而此时的她也免不得在心里感慨：除却性格恶劣了些，林知逸本质上应该是不错……

谁料未等她大气喘匀，便又听到林知逸发了命令："帮我去茶水间倒一杯咖啡。"

许轻饰当即反驳："凭什么？我是给学生会打杂，又不是给个人。"

林知逸瞅了瞅她的嘴角，又瞅了瞅被她放下的矿泉水瓶，有些难以忍受地说："难道你还想让我喝它？"

"呃……"许轻饰捂住嘴，无法想象那画面，最终在林知逸的眼神压迫下，去倒了咖啡来。

"放糖太多，甜得齁人。"

"你以为我是小女生，要用这么多奶油？"

……

如是再三，在许轻饰要发怒之前，林知逸却先要怒了："许轻饰你是不是诚心不让我喝咖啡润嗓子的？这都什么玩意？"

"这也不好那也不好，怎么不去吃猫屎？"许轻饰反驳。

林知逸定定地望着她，说道："不好意思，茶水间的咖啡确实是猫屎咖啡。"

俩人这样一番交流，早被宣传部其他人看在眼里，有几个女生窃窃私语，眼神里露出毫无疑问的鄙夷来。

许轻饰挠头，委实有些尴尬。假如她认出那是猫屎咖啡，自然不会这样作践浪费。想想方才倒掉的一杯又一杯咖啡……不，倒出去的是红

红的票子啊，她好一阵肉疼。

她再次回到茶水间，拿起手机搜索咖啡的做法。

正在这时，茶水间也走进来了几个女生。她们接了水，却并不走开，在旁边你一声我一声地讲话，活似许轻饰不存在。

"我们部长可真是不错，有才能有颜值，还有品位。"

"可不是，单看这咖啡可就不是谁都能消受得起的。部长还为了它特意买了一整套装备呢。"

"这咖啡啊，咱们是看着怎么珍贵怎么来，有些人就弃若敝屣。也不知是命好呢，还是无知……"

"大概是命好。你没听说吗，辩论赛的稿子上错字那是一个挨着一个的，辩论起来毫无逻辑，东一头西一头的，简直搞笑。"

"听说是一个赌注来着。早知输了能去部长身边，我就去了！"

……

许轻饰平心静气地做了一杯不加糖不加奶的咖啡，端起来走到那群女生面前。女生们立马住了口，紧张地以手挡脸："你做什么？"

"我并不想做什么，只是想问，你确实想要这么做吗？想的话不如咱俩打个赌，你再输给我，然后代替我履约好了？"

女生愣住，片刻后气势凌人地说："你怎么可以这样讲话？这置部长于何地？没想到你是这样的人，出尔反尔，不守信用……"

许轻饰目瞪口呆，连连摇手："你不乐意你说嘛，说了我不就知道了？你不说我怎么知道你不乐意……"如是颠三倒四地念着唐僧咒，一路奔回了办公室，咖啡也洒得只剩下半杯。

林知逸待要发火，看着她的脸色忍了忍，低头喝了咖啡，然后如许轻饰所预料的那般，眉头紧紧皱了起来。

看着对方即将抬头，许轻饰竭力保持垂头丧气的姿态，活似受到了极大的屈辱。林知逸看了她一会儿，再没讲一句指责的话，只是摆摆手要她整理节目单。

许轻饰成功完成自我解救，心花怒放地终于坐稳了位子。

只是自此以后，许轻饰的工作范围似乎得到了渗透性的扩张。端茶倒水、清理桌面、订餐买饭……外加一项不能忽视的日常：被部门里其他女生使小绊子，间或讽刺几句。久而久之，她亦是修了十分的涵养功夫。

只除了一位——临院的"小太妹"刘美美。刘美美上大一，许是被家里宠惯了的，到哪里都带着一群人横着走，很有一番"大姐大"的派头。"大姐大"当年追过林知逸，在被男神婉拒又明拒后颜面大失，曾放出话来，无人敢倒追林知逸。此时被一个大二的"过了气"的所谓"女神"站在前头，不免有些意难平，便时不时地拐着弯地来找麻烦。

许轻饰烦不胜烦，却也躲不开、避不掉，愁得很。

一周后，不放心的席思瑶前来"探班"，很是被吓了一跳："轻轻，你不是给学生会打杂吗？怎么看起来……"像是成了林部长庞大后

宫的一员，还是因得宠而被人妒忌的那个。

许轻饰这才惊觉，自己早已被林知逸当成随意指使的小跟班，且有了奴化思维："林知逸这个浑蛋，我要找他谈谈人生。"

结果可想而知。

她在楼梯间半道拦截林知逸，随后听到他反问道："所以呢，你想要怎样？"

他进了一步，许轻饰下意识后退一步："也不是要怎样，可是你得给我个说法。凭什么我要给你做牛做马？不行，我要求一个月赌注折半。"

"所以其实你是想找补？不就是想毁约吗？"林知逸问。

"才不是我想毁约。明明是你擅自扩大工作范围，增加了我的工作量。"许轻饰反抗。

"我有问过你意见，说起来也不能算是擅自。双方都默认同意了，那不是达成一致了吗？现在你又来要求我缩短工作周期？"林知逸哂笑道。

"哪里有……"许轻饰待要反抗，却又不自觉地想起第一次给对方冲咖啡的情形，乃至于第一次擦桌子……她……确实没有明确说不同意的。可是，第一次开始做那些，也好似都有不得已而不得不为之的理由啊。

想明白了的许轻饰懊恼极了。到了这时候想不出对方每次都在设圈套，诱使自己主动上钩，那可就傻到太平洋去了。

"看来你想明白了。"林知逸低笑了一声。

声音离得未免太近了些。回过神的许轻饰警惕地抬头，发现不知何时自己已经退到了墙角里。林知逸低着头看她，一手搭在她身侧的肩膀上，标准的"壁咚"姿势。

心激烈地跳了起来，许轻饰一个没控制住自己，就猛地抬腿踹向对方肚子。林知逸"啊"的一声惊呼堵在了舌尖处，而许轻饰已经溜开了。

看着他铁青的脸和紧捂着肚子的手，许轻饰不由问道："你还好吧？"不待对方回答，又赶紧把水泼给对方，"谁让你没事靠我那么近？我不习惯的……我不习惯的时候，疯起来我自己都怕。"

好样的，真是好得紧！林知逸黑着脸，半天没说出话来。

难得看到对方吃瘪，心里不是不开心的，可是对方一句话都不说，委实让她心里没底。许轻饰再三给自己打气，终于鼓起勇气，主动搀扶着对方一步一步回到了办公室。

两人这个样子回到办公室，宣传部一下就热闹起来，纷纷跑过来慰问。林知逸烦不胜烦，说道："关门，送客。"

许轻饰听他一个指示一个动作，不敢有多余的念头。

然而只剩两人的房间，气氛着实有些不对，许轻饰没忍了一会儿便道："不如我去给你买点药？"

CHAPTER
03
第三章 记清楚了：只有我能欺负许轻饰

"你想买什么药？"林知逸没好气地问。

许轻饰想了一想，答道："活络油？"

林知逸不再说话，许轻饰便当他默认。抓起包，她飞也似的朝门外冲去，跑到校医院，买药，取药，再往回赶。她倒是行色匆匆，不想被拦在了办公室门外。

不知从哪里获悉消息的"小太妹"刘美美带了四个人，正好堵在那里，看到她过来，便呵呵一笑道："我早就说，咱们迟早呀，得算一算账。"

许轻饰刚略微退了一步，便被四人围在了中间。她便站得直直的，听对方与她算账："死皮赖脸地一定要跟在我男神身边，不听我话一定要倒追，倒追不成还敢对我男神动粗，你倒是能耐得很啊。"

这都是哪儿跟哪儿？许轻饰哭笑不得："你得听我解释，不能只听他们的一面之词。"

待她将赌注一一道来，刘美美的黑脸早已摆了许久："照你这么说，你是无辜的，都是我男神的错？"

看她的神情，许轻饰哪里敢点头应是，可是不应，对方再把一盆脏水泼过来，她照样承受不起。思来想去，许轻饰猛一咬舌，突然大声哭道："妈妈，快来救我！他们都好可怕，还拦着路不让我走……"

刘美美初时被这一变故惊住，待回过神来便要上手动粗，恰听得身后的门"吱呀"一声开了，紧接着是男神冷冷的声音："住手！"

林知逸走了过来，刘美美瞬间气场大变，装作温婉的样子道："学长，听说你不舒服，我来看看你。"

"你消息可真是灵通，我这才回来几分钟的工夫。"林知逸不愠不火地说道。他径直走到许轻饰身边，把人拽到了自己身后。

许轻饰很懂时务地站在他身后，竭力降低自己的存在感。偏偏林知逸并未听到她的心声，而是指着她认真道："刘美美，你听好了。你想动谁我不管，可要是伤了我身边这个，我势必要讨个说法的。"

他声音一如既往的清凉，可是任谁都听得出来，他是生气了。刘美美似受到莫大的委屈，眼中带泪道："学长，可是我……"

"没有任何的因为、所以、可是、但是，记清楚了：只有我能欺负许轻饰。"林知逸道。

多么霸气的宣言……站在他背后的许轻饰表示被对方的逻辑惊到，浑身上下是止不住的鸡皮疙瘩。

待到跟着他进屋，许轻饰便迫不及待地站在了一个离他比较远的角落，一声不吭。

林知逸担心地问："怎么了，被吓到了吗？其实刘美美本质不坏的……"

这句话给了许轻饰无数灵感，她抱着肩，一抖一抖道："太吓人了，我从来没有经历过这样被人围堵的时候。"

林知逸朝她走去："别怕，我陪着你呢，她也不敢动你的。"

"别过来!"许轻饰惊叫道,"她说了让我离你远些,不然给我好看。如果她专挑没人的时候堵我怎么办?"她揪着头发,焦虑地转圈圈,完全不听林知逸讲话,待转过两圈,又可怜兮兮道,"让我休息一段时间好吗?这期间先别让我到学生会,我实在是怕她。"她的神情极为认真,眼角犹带着一丝哭过的红,一双亮晶晶的眼睛里荡漾着细碎的灯光,直直望向林知逸。

见惯了许轻饰风吹雨打浑不怕的模样,乍一看她此刻的情形,难免让人心声几分怜意,林知逸轻叹了一声,安抚几句后又道:"你先休息一个月吧,到时再续好了。"

许轻饰的眉眼瞬间灵动起来,好似整个人又活了过来。她保持着适度的微笑朝林知逸致谢,拒绝对方护送的要求,走出办公室后,却整个人都蹦跳了起来。

演技值简直Max(最大)!许轻饰冲着自己做了个比心的动作,感激自己如从干涸之地重回海洋的鱼儿。

而此时的林知逸并不知道自己放过了什么,又错过了什么。只有一点是清晰明了的:那就是,许轻饰好似人间蒸发了。

"好好的一个人,怎么说找不到就找不到了呢?"林知逸万分不解。他甚至拉着白宇一起去找刘美美,把对方逼得哇哇叫,恨不能以人格保证并未与许轻饰再有半分接触。林知逸并不领情,当场回道:"说得跟你的人格还很值当似的。"

　　看不惯他这么欺负小学妹的白宇忍不住搭腔道："信任危机，人与人之间最可怕的东西了。为了许轻饰，你真的是什么都不怕了？"

　　林知逸略略收敛了一点："出发点其实还是为了自己。你想啊，突然有了那么一个伶俐偏又可恨的跟班，每天跟在你身边与你斗智斗勇，上蹿下跳的，结果一下子就找不见了，谁都会不适应的吧？"

　　白宇呵呵了两声："你确定说的是许轻饰而不是猴子？"

　　"有多大区别？人类不还是从类人猿演变来的吗？"他说着说着就再度转移话题，"你帮我向席思瑶打探了吗？为什么每次我去美术学院找她，一次都没有找到？该不会是外星人劫持了她吧？"

　　"快打住……再说下去估计你都要入魔了。瑶瑶回复我了，说好像是家里有事，回家一段时间。"

　　林知逸"哦"了一声，这才戒了天天四处晃悠逮人的习惯，然而整个人却是彻底蔫了：叫他吃饭，"哦"一声，然后懒洋洋吃几口；若是去打球，多半是叫不动的；就是一直挂在嘴边的课题，也怠慢了许多，导师每次催进度，他也是敷衍了事。无可奈何又不知根底的导师甚至让白宇把人看紧点。

　　"还能怎么紧？难道是要照顾巨型婴儿的那种？"白宇表示也很苦恼，躲在卫生间里，在电话里跟对方抱怨。

　　对方不知说了什么，他便又笑了起来，连声答道："好呀，晚上十一点，不见不散。"

正在这时，林知逸敲了敲门，拉开玻璃门，有气无力地说："我听你这话都讲了一周了，晚上也没见你去哪里。"

白宇被他吓了一跳，连忙挂掉手机道："还能哪里，当然是梦里见。说起来，有句话不知当讲还是不当讲。"

"那你就别讲。"林知逸白了他一眼。

"那我怎么忍得住？还是要说的。最近新学了一首元曲来着，想与你分享：平生不会相思，才会相思，便害相思。身似浮云，心如飞絮，气若游丝。空一缕余香在此，盼千金游子何之。证候来时，正是何时。怎样，是不是很美？"白宇显摆道。

林知逸表示什么都没听到。

白宇偏偏再进了一步："有病就找我白大仙。这位施主，你是不是得了相思忘不了的病？"

"找打是吗？"林知逸抖擞抖擞肩膀，作势要动手。

白宇连忙告饶："施主莫要激动，我掐指一算，不日你这病就要去了。"

"哦？"林知逸斜眼觑他。

"你看再有一周就到一个月期限了，到时无论如何，你都能见到许轻饰。一旦见到了人，你可不就什么都好了吗？"

这话不无道理，甚至于像是给林知逸打了一针强心剂。他当即把人推了出去，开始洗漱，脑海里不停地循环播放着"We will rock you"

这首歌。

林知逸兴奋满满，洗漱之后在床上躺了好久，翻来覆去地想：等到人回来时要怎么整治，好宽慰一下等了这么久的自己呢？嗯，只是想想就能让自己愉悦起来……

林知逸正在沉思间，突然听到躺下的白宇又爬了起来。

白宇往林知逸的方向瞅了一眼，偷摸着打开电脑，还冲着手机那头道："他睡下了，我刚起来。马上上线，等下带我玩呀。我们是打攻城战吗？"

这语气，这神情，几乎不用多想，就知道对方是个女生。颇让林知逸好奇的是，以前这小子只玩夜店游戏的，现下竟玩起了什么网络游戏？还打攻城战？

在登录的提示音响起来的时候，林知逸下了床，走到他身边，叫了声："白宇？"

"啊啊啊……"白宇好一阵狼嚎。

林知逸待他冷静下来后说："你小子可以啊，都玩起LOL了，这是进阶了？哦，还大半夜不睡觉，开着外放的声音玩，胆子真是不小啊。"说着话，他把对方胖揍了一番。

因为理亏，白宇并不敢反抗，只哼哼唧唧地装柔弱认错。

待得对方泄了气，白宇立马要去合笔记本电脑，却被林知逸一把拦住："等一下，这是谁？瑶瑶？你不打算解释一番吗？"他气压极低，

带着极大的火气。

白宇自知瞒不过他，只得认怂，一五一十地交代："不是你想的那样，不过这是许轻饰的新业务……自从'叫早团'被叫停，她们可是老实了好一阵子，但是许轻饰一直以来都是有雄心壮志的人，怎么能忍受被你折断翅膀？这不，短短没多久工夫，人家就重整旗鼓收拾了旧山河，独辟蹊径地组成了'巴拉拉小魔仙'团队。"他停了下来，看林知逸脸色。

林知逸"哦"了一声，冷声道："继续。"

"这个团队呢，主要是陪同学们打LOL，或者带队升级什么的，不同级别价格不同，赚钱比'叫早团'可来得多了。要我说，别的不提，但赚钱这事，许轻饰那可是一等一的好使。"白宇一个没护住，就吐露出了真心话。

"听你这么一说，她确实很有些能耐。不过你啊……我记得你以前不喜欢她的，怎么现在突然转了口风？"林知逸突然问道。

白宇支吾了一会儿，道："那时候不是不怎么认识吗？现在多了解一些，便多喜欢她一分。"

"喜欢？"林知逸扬声道。

"此喜欢非彼喜欢！你放心，我可是一心一意向瑶瑶的人。"白宇嘟囔道。

林知逸连连点头："那么，你是不是要把我已经知晓许轻饰近况的事情透露给她？"

白宇连连摇头："我傻吗……当然不说了。"

"连席思瑶都不说？"林知逸追问道。

白宇捂着脸，痛苦地点头："是的，是的，林公子。您这么帅，说什么都对的，我谁都不说。"

林知逸满意地点头："那你继续玩吧。"

"啊？"这态度变化太快，好似龙卷风啊。

"怎么，难道你要先下线？不说别的，你约了席思瑶却又爽约，稍微有点脑子的人都会想到是室友出了问题吧？"林知逸鄙夷地看着他道。

自打玩LOL以来，白宇第一次心不甘情不愿地打开了与瑶瑶的对话框，然后在林知逸的监视下，一个字一个字地说："抱歉，来晚了，室友刚刚才睡下。"

对方很快答复："不是被发现了吧？"

白宇好一身冷汗，硬着头皮道："当然不会了，我这么谨慎的一个人。不过眼看着许轻饰一个月的期限就要到了，她还好吗？"

对方答道："人生得意须尽欢，别提那些不开心的事情。今天瑶瑶有事，我来替她。"

白宇惊到："许轻饰？"

对方点头："哦，也不傻嘛。别废话，跟紧我。"

　　白宇看看林知逸，对方并不多话，只点头示意他继续。白宇只得痛苦万分地跟着对方刷足了一个小时的日常任务。直到双方下线，他才去摸摸头上并不存在的汗，有心要跟林知逸说些什么，林知逸却如没事人一样与他道了晚安躺下了。

　　当夜，白宇做了一个晚上的噩梦，梦到许轻饰涕泪横流地问，为何不救她，为何不提前告密。白宇内心愁苦，在次日早上起床的时候，犹在心里默默祈祷：自求多福啊，许轻饰同学……

CHAPTER
04

第四章

PLEASE,

做我的陪练，从今天开始 MY SENIOR

周五晚上"小魔仙"团队聚会，早已与众人混了个脸熟的白宇自是颠颠地跟在了席思瑶身后。

许轻饰组的局向来简单粗暴，直奔主题——吃，若是矜持上那么几分钟，可能再想吃就没有第二口了。白宇第一次参加，就被大家坦率直接不做作的作风吓到，此后再有聚餐，就从善如流先吃了再说。

于是，在茶足饭饱之前，白宇很好地掩饰住了心中的情绪。在饕餮盛宴告一段落时，坐在他身侧的席思瑶轻声问："你是生病了吗？"

相交许久，这是席思瑶第一次主动询问自己的情况。白宇心中大喜，却不能在对方面前露怯，更不能露出前一晚被林知逸识破的事情来，只得强笑道："今天要做实验，起早了。"

"那今晚上就不上游戏了吧，你好好休息。"席思瑶接着道。

"不不，我好着呢。"白宇没想到自己给自己挖坑，大惊之下连连否认，抬起了头，对上席思瑶一双似笑非笑的眸，又慌乱地移开。

"你呀。"席思瑶摇头轻叹，却不再说什么。

这声叹息听进白宇的耳朵里，却好似直直落在了他的心脏上，跟着他的心脏一起跳动。

"瑶瑶……"他开口，却听得许轻饰好一声长叹，他的心跟着揪了一揪，未出口的话便咽进了嗓子里。

"世道不公，天要亡我！"许轻饰嚎了一声。

有人便问道："团长，你咋啦？"

许轻饰掰了掰手指头，愁苦地说："离我去学生会服杂役不到一周了，一想到这里就让我坐立难安鸡犬不宁。"

席思瑶笑道："轻轻不要乱讲，鸡犬不宁可不是这么用的。"

许轻饰胡乱地摇着头："我不管我不管我不管，就是不想回去。你说我赚钱赚得好好的，被该死的林知逸半路截和，不得不开辟新道路，现在做到了一半，又要被打断。你说是不是天道不公？不然为何欺负我这样年轻又好看的女子？"

众人齐声大笑。有女生甚至献计："不如就说那次小太妹事件让你受到重创，日不能思夜不能寐的，成日里担惊受怕，甚至怀疑罹患PTSD（创伤后压力心理障碍症）。如此，赌约自然不能再继续。甚至说不定可以倒打一耙，要他对你负责！"

说起"负责"，女生们很是哈哈笑了一番。那个女生忙解释道："我说的负责可不是古代言情里那种，男主看了女主裸脚啊没戴面纱啊就要负责的那种。当然，你们要是愿意那样理解，我也是不介意的。"

听到对话朝着奇怪的方向奔去，白宇咽了咽唾液，艰难地说："其实也不必。"

一众女生纷纷朝他看过来，许轻饰更是激动地说："你想说什么？"

"林知逸最近有课题要忙，估计在校时间很有限，更不要说去忙学生会的事情啦。所以来之前他特意交代我，要我告诉你，打杂假期无限期延长，具体到什么时候，要另行通知。"白宇扫视着众人，竭力按照林知逸的交代一字一句地转述。

许轻饰哈哈大笑道："是了，这话啊，十足的林氏风格。难为小白学长了，竟然一字不漏地记了下来。"

敢不背下来吗？在林恶霸的耳提面命之下……白宇苦笑。他追席思瑶是怎样的辛苦，现在反而不得不受制于林知逸，要当着女神的面撒谎，还是对着她的好友撒谎，天知道他的内心到底经历了什么！

"喝点热水吧。"席思瑶倒了水递到他手边，温柔地说，"刚还以为我看错了，你的脸色确实苍白了些，还出汗了。要是不舒服的话，你回去休息啊，完全不必来跟我们一起吃饭。"

白宇连忙去接，不小心碰到她的手，心中一个战栗。席思瑶快速地收回，又若无其事地垂眼低眉。

灯光昏黄，淡淡地打在她的脸上，愈发衬得肤色细腻而有光泽，看上去暖暖的，温婉而恬静，让人生出岁月安好的心思来。

宜室宜家啊……白宇心中如是想到。

被他紧紧盯着的席思瑶侧过脸，避开他的视线。

"瑶瑶……"白宇发声。

"别说话。"席思瑶冲他摇头。

她的眼神清澈透亮，真挚而诚恳，此刻沾染上满满的祈求，让人看得很是不忍心。白宇想，她自然早就知道我的心思，可是大概是不能接受的，所以反而说都不给说的机会。也许是怕讲出来，两个人连朋友都没得做？如果这样，是不是说明她其实觉得我还不错，值得相交？白宇内心天人交战，既想一吐为快，却又为对方或许存有的关心而得到了一些安慰。

正在这时，许轻饰呼唤道："瑶瑶，我又有了新的想法，快来！"

席思瑶借机脱身，走到许轻饰身边道："我就知道，你是一刻也闲不下来的。"

许轻饰很是认可地点头："生命不止，赚钱不息。再说了，一寸光阴一寸金，我们可得好好利用。"

遇到赚钱的事，许轻饰倒是从来不出错。

席思瑶好笑地点头，听许轻饰说她的新点子。

"嘿，现在不是很流行O2O（线上线下电子商务）吗？可以借助这个思维，开展咱们特色的O2O。除了'小魔仙'业务，平日里线下咱们还可以接一些其他的单子，比如陪跑、陪打篮球啊桌球什么的。不过这种针

对性比较强，怎么宣传我还没想好。"

"先借助你们的'小魔仙'业务以及以前'叫早团'时期积累的客户，进行定向营销？"白宇加入了讨论。

"对，我们还可以在BBS上发帖，扫描二维码即可加入。"

"在吃饭高峰期发传单！"

……

一旦有了新思路，女生们立马展开了一轮头脑风暴。

白宇听着讨论，不仅也有些热血沸腾。

许轻饰看到了他的神色，冲着他得意地挑眉："怎么样，我的团队很棒吧？"

白宇由衷地点头。

许轻饰又眨眨眼睛："可惜我们是娘子军，不招男生入伙的。你要是想入伙，可以，拿全部身家来啊。"

白宇借机道："不如我先努把力，争取成为家属，这样是不是会有优待？"

许轻饰有些诧异地望着他。

正在这时，席思瑶拍了拍桌子："团长，讨论过程中不能开小差。带头犯事，罪加一等！"

"呀，瑶瑶生气了，怕怕。"许轻饰吐了吐舌头，甩下一脸好笑的白宇，又加入到了热火朝天的讨论中，"甜心们，别忘了，我们还可以扮演啦啦队哦！团体活动，银子大大的有。"

随着她的一声令下，大家如打鸡血了似的，当夜就拿出了几套方案，配套不同的服务和价款，风风火火行动了起来，速度之快，质量之高，让金融系的白宇叹为观止。

"如果你以后创业，可以找我啊，我帮你们找投资方。"白宇感叹道。

许轻饰问道："免费服务吗？"

白宇：……

"算了算了，免费服务都这么难，我看你还是不要理我们的好。"许轻饰见缝插针地调侃。

看不过去白宇被频频打击，席思瑶冲过来解围："有人接单啦，陪打篮球，团长你的强项哦。"

许轻饰顿时放弃调戏白宇，喜笑颜开道："看，离了林知逸那个恶魔，老娘的生意真是不知道有多好。"

诚如她所言，好似财运一下回来了，许轻饰与她的团队们，接单接到手软，不得已还借了白宇，让他用数据模型的思维帮忙分析，筛选业务。

在接下来的每一天，许轻饰和娘子军们每天都过得无比充实。在偶尔的间隙，许轻饰总会觉得自己似乎忘记了什么，但具体是什么，又不愿深思，直到她正面撞上好似上一辈子那么久的故人——林知逸。

　　彼时她正陪着一个男生打篮球，男生突然停下来道："外面有人一直在看我们，哦不，好像是盯着你。"

　　许轻饰陡然一个激灵，不知怎的就生出了满心的不妙。因转头过猛，扎了高高的马尾飞快地扬起，落下时又抽到了她的脸和眼，有些生疼。待头发落下，视线再无阻碍，她一下子就看到了站在隔网外的林知逸。哪怕抖机灵抖惯了的她，常年混迹市井与各色人等厮混，面对此情此景，竟是半句话也说不出，脑子里一时间刷过无数弹幕，同一色地写着：被发现了，被发现了，被发现了……

　　林知逸冲她浅浅一笑："打球？"

　　许轻饰下意识地点头。

　　"开心吗？"林知逸接着问。

　　"开心。"许轻饰好似一下子变成了小学生，对方问一句就答一句。

　　"那怎么眼角都红了？"

　　"刚刚被头发……不是。"许轻饰醒过神来，不再跟着对方的步伐走，"你不是'闭关'做课题去了吗？"

　　短短的一句问话，却费了她偌大气力，及至说完，就屏着呼吸等待答复，一颗心吊得高高的。

　　"嗯，确实如此。"林知逸好脾气地回答。

　　不对，不对！一定是我忽略了哪里！许轻饰心中警铃大响，只觉四周都是对方设置的陷阱，不敢再发声。

似是看出她的为难，林知逸又道："那你好好玩，我先走了。"

许轻饰难以置信地望着对方，一步，两步……真的走开了，走远了。

这就完事了？许轻饰只想好好地在风中凌乱一会儿。

与她对打的男生就势走了过来，问道："同学，你还好吗？"

许轻饰哀怨地看了对方一眼："你看我哪里像是好了？"

"啊，莫非是你男朋友想太多，误会我们了？"男生紧张地问道。

"想太多是没错，误会什么的绝对是你多想了……对，他也不是什么男朋友。"许轻饰焦灼而沮丧地说道，"好了，我们不说他了，继续打球吧。"

"既然你是这个状态，不如今天好好休息吧。"男生善解人意道。

"可是你后天就要考试了，确定不需要好好练习？"许轻饰诧异道。

对方选修了篮球，但又是少见的天生无运动细胞，简单的运球、投篮，对他来说比登天还难，因此每每到了考试前夕，都要拉着许轻饰给他做特训，是许轻饰的VIP客户。

"没关系，我自己也刚好有事情要忙。你也快去休息吧，不要这么一副哀怨的表情，是个男生都会不忍心呢。"客户同学好心地给了她双倍薪资以表安慰。

如果不是冲着对方最后实则严重挑衅了自己尊严却看似安慰的面子上，许轻饰一定会把其中一份薪资摔到他脸上。然而最终看在大红票子的面子上，她笑眯眯地收下来，并衷心祝愿对方考试顺利。

到了晚上吃饭的时候，许轻饰看着与席思瑶形影不离的白宇，便觉得怎么看，怎么都有些不对。

她抽空把许轻饰拉到一边问："这小子存心追你了，怎么办？"

席思瑶摇头，难得有些愁闷地道："一开始因为业务需要，才与他接触，不过那时候也很悠闲……直到后来为了'叫早团'和林知逸，反而跟他相处多了。他的心思我也明白，可是一直找不到一个好的由头打消他的主意啊。"

"反正长痛不如短痛，你还是早早断了他的念想为好。"许轻饰连连感叹。

席思瑶点头："嗯，我找个时机挑明吧。"

两人这么一番私语，再回来时许轻饰看着白宇的眼神就有些不对。

会错意了的白宇因为心虚，率先虚张声势地问："你看我做什么？先说好，本少内心早就有人了，一不卖身二不卖心，休想打我的主意。"

正喝着汤的许轻饰一口喷了出来，连咳了好几声。她接过席思瑶递来的纸巾，擦着嘴还不忘冲席思瑶说："既然带出来了，怎么也不管管？看他这脸皮，都快要能上天了。"

"我就是上天了又咋的？"白宇傲然道。

席思瑶以手掩面，只想装成不认识他们。好在因为两位当事人因为心里不同程度地都藏着事，并未一直这么斗下去。

许轻饰在气氛恢复平静后，突然想起来什么似的问道："你不是跟林知逸一个班的吗？他忙课题都忙成那样了，你怎么能这么优哉地跟我们厮混？"

"就他在外交流项目那会儿，我就把毕业课题搞定了，啊哈哈！那会儿我比他还忙呢，一天可能就吃一顿饭，是你们没看到而已。现在他一边需要把留学项目收个尾，天天被导师追，一边还要赶紧补课题资料，忙得天天不见人才是正常呢。"白宇解释道，话语里是掩饰不住的得意。

"毕业论文，不都是要一遍又一遍改，精益求精吗？但好像你导师没找过你呢。"许轻饰接着问。

白宇不无得意地道："我导师这个月出国了！"

"祝贺祝贺。"许轻饰没什么诚意地说，然后不经意地来了一句，"话说，我今天下午见到林知逸了。"

白宇僵硬了片刻，然后好似浑身的雷达都发动了起来："咦？在哪里？做什么了？"

"体育场。当时正陪着一个客户打篮球，他突然就出现了，笑得阴

阳怪气的，还跟我问好。"许轻饰回忆道。

席思瑶好奇地问："然后呢？"

"然后就走了。"

"走了？"白宇拔高了声音，有些难以置信。

许轻饰起了疑心，道："你怎么看起来比我还紧张？莫非有什么我不知道的事情？"

白宇摸了摸额头并不存在的汗，双手合十，求饶道："就冲我这么一双真诚的、明亮的大眼睛，怎么会说谎？不过是担心你被他发现又开始'不务正业'，难保他再做出些什么。"

许轻饰斜斜看了他一眼，冲席思瑶说："瑶瑶，帮我咬他。"

席思瑶爽快应下，道："小白学长，冲我们笑一个吧？"

白宇不明所以，但是在心仪的女神面前，自然听什么就是什么，当即咧开嘴笑了一笑，彻底逗笑了许轻饰和席思瑶。

"笑起来眼睛就眯成了一条缝。我就说嘛，你眼那么小，你还不信哦。"许轻饰调侃道。

白宇无语。

不管怎样，确定了林知逸是真的忙，而不是密谋要耍她之后，许轻饰的日子又开始舒坦了起来。她把一百二十分的心力投放到"小魔仙业务"中去，秉承着"营销留新客，服务助收入"的理念，风风火火地赚起了银子。

　　玛利亚·特拉普夫人说：上帝为你关了一扇门，同时也会为你打开一扇窗。许轻饰对此深表赞同。自从"叫早团"业务被叫停，她沦为"干杂活的"，被人吆喝来呼唤去，苦恼了好久，谁又能想到她会另辟蹊径，想到了新型的O2O业务呢？现如今，她不仅打开了新的业务模式，还接连遇到很不错的客户，譬如那位篮球同学，譬如她在LOL里陪练的一位超级VIP客户——叶弋然。

　　一般陪练，要么是为了帮助对方快速升级，要么是为了做教习先生，手把手教对方升级打怪，当然也存在一些任务需要车轮战而凑人头的情形。可是许轻饰的这位客户，简直特例。

　　叶弋然游戏水平奇高，是服里数得上号的人。他曾经单挑了几个大boss，出手干脆利落，英气十足，还赢得了游戏中排名第一的名剑赤霄。有人录了他的视频在教学版块里放，许轻饰就曾观摩过好久。所以第一次被他在大街上拦住的时候，许轻饰还以为不小心什么时候触了对方的逆鳞，遭人砍杀。

　　那时游戏里是阳春三月，桃花开得正旺。一阵风过，花朵簌簌落下，好一阵桃花雨，煞是好看。许轻饰被惊艳到，就在桥上多停留了一会儿。

　　就是这片刻工夫，叶弋然一身洁白长衫，骑着高头大马从远处一路嗒嗒而来。她急忙要躲开，却被他用长剑抵在了肩膀上，便只得僵在原地，小心仰头。就是这一仰头，她的心开始扑扑直跳，好久难以恢复平

静。向来不爱读书的许轻饰，竟是无师自通地默念：当时年少春衫薄，骑马倚斜桥，满楼红袖招。

被游戏第一名剑赤霄抵在肩头，首先蹿上来的念头不是逃跑，而是这些有的没的，由此可见美色当前，许轻饰也并不免俗。

叶弋然自然没错过她眼中的惊艳，只是淡淡看了她一分钟后，才道："陪练。"

"啥？"许轻饰没反应过来。

"做我的陪练，从今天开始。"对方忍着耐心，又说了一遍。

何时见过……要陪练的客户有这样的霸气？许轻饰逆反心理上来，张口就要拒绝："我觉得不……"

"对方向你提出交易。交易游戏币×××。是否接受？"

控制面板上突然弹出交易界面。许轻饰盯着那个不算小数的交易金额，在现实中轻轻喘了一口气。

游戏币可以以一定比例兑换成人民币。对方给的，即便是换算过来，也足以成为"小魔仙业务"中的超级VIP了。脑中快速地盘算了一下，许轻饰竭力按住要点"接受"的手，带着小心翼翼问："您需要提供什么服务？我们这边只卖艺的。"

叶弋然脸上快速闪过一抹笑，又恢复了面无表情，再次开口："陪练，字面上的、市面上的那种。"

许轻饰确定自己在对方眼中看到了嘲笑。她带着几分羞恼，快速地点了"接受"，落袋为安，又飞快地向对方发送"小魔仙业务"的游戏规则，然后尽量不带一丝感情地说："作为我们的超级VIP客户，您有权选择1至2名陪练人员，名单及特长如上所示。如果您有其他特殊要求，恕不接待。另外，定金一概不退。"

"我确实有特殊要求。"叶弋然道。

大戏来了！许轻饰暗笑着，静待对方开口。

"第一，把'您'改为'你'；第二，每天1个小时，你陪练。"

许轻饰等了半天，对方却并没有说其他多余的话。她有些难以置信，却用敏锐的第六感意识到对方不喜讲话，便把诸多疑问与好奇压在心里，开启了陪练日常。

真到了一起打游戏时，便显露出愈多的奇特之地——叶弋并不是一心为了升级而去杀怪打boss，更多的时候看起来像是他带着许轻饰玩。不知是心情不好还是心血来潮，他曾要求在茶寮闲坐，于是俩人喝着茶听了一个小时的评书，也有闲来无事在新开发的风景区里遛弯的。

许轻饰初时惴惴，总担心一不小心冒出个怪把俩人砍了，待跟着他行走了一段时间，发现对方无论是武力值还是机敏度，都能甩自己好几条街，便也不再总是提心吊胆，反而能平静下来欣赏风景。她自然也意识到，"陪练"已经成了"被陪"。

可是那又怎样？反正金主出手大方，比白宇有过之而无不及。更妙的是，对方为人十分低调，话也不多。为此，两人一起打游戏的时候，

许轻饰省心省力，成了她最轻松的时候。而在现实生活中，为了尽快赚钱，多多赚钱，她有各式各样的任务要做，要不停地鞭策自己。

席思瑶得知这位神奇客户的存在时，曾经好奇地问："金主为什么要花大钱跟你一个'小菜鸟'组队？"

"这谁知道？许是钱多了烧的？啊不，也可能是高处不胜寒，想找个小人物陪一陪？"说完许轻饰自己先哈哈笑了起来，又挥挥手道，"不懂啊。不过他是金主，就随他去好了。反正这份薪资我赚得开心又轻松就好。"

俗话说，乐极生悲。好日子刚没过几天，就被林知逸找上了门，且遭到了毫不客气的嘲讽："红光满面，比我第一次见你的时候状态还要好，看起来是恢复得不错，不错得像是完全没有受到刘美美的影响嘛。"

许轻饰心知不适合再扮娇弱，便嬉笑道："感谢学长关怀，这段时间休息下来，是恢复了不少。如果能再多一段时间……"她看着对方微微一笑，便掐着小拇指指肚觍颜跟着笑道，"这么一点点时间就好了。"

林知逸"哦"了一声，挑眉道："不如等我把课题忙完顺便把毕业设计做了，或者等到我毕业了？又或者，把赌约废掉？"

许轻饰喜出望外，竭力谦恭地说道："那会不会不太好？毕竟……"

林知逸冷笑一声，截断话头道："异想天开！"

"老娘跟你拼了！"许轻饰出离愤怒，当即就要上去挠人。林知逸轻轻错身，躲开了她的一击。这么熟悉的一招避让，让暴躁的许轻饰停了下来。在游戏中，虽然叶弋然话不多，惹人的本事却是多少有一些的。许轻饰也曾这么扑过，自是被对方轻易避开。想到叶弋然，许轻饰冷静了下来——既然避不开履约，那么为自己争取些福利还是可以的，尤其是要为"小魔仙业务"争取时间。

想到这里，许轻饰住了手，抿抿嘴唇道："要我回去履约可以，但是要先讲好，不能再像上次一样，一天到晚围着你转悠。每天只做8小时，其他时间我要享有人身自由。"

林知逸有条件地点头道："那在8小时里，一切行动听我安排。"

"为什么？如果你要我做一些乱七八糟的事情……"许轻饰争辩。

"我保证符合一个德智体美全面发展的学生的范畴。不过一旦开始，任何时候都不要跟我说'为什么'，可以做到吗？"林知逸耸耸肩，表示双方各退一步。

许轻饰想想8小时与无法脱身的风风火火的业务，咬着牙签订下这"丧权辱国"的协议："Deal（成交）。"

纵然已经做了诸多心理准备，可是等到了正式"上岗"的时候，许轻饰发现自己还是太年轻太天真了。

林知逸一边做项目一边做毕业课题，正是忙得不可开交的时候，就连学生会宣传部的事务，他也几乎都交给了副部长去做。按说她到了学生会，应该也不怎么见得到他才对，就是打杂，也没人能再指使她。万万没想到的是，林知逸假公济私，总是以"为学生会打杂"的名义将她拘在自己身边！

许轻饰与他争辩，林知逸振振有词："作为部长，虽然已经把权力下放给了副部长，可是我也要尽到应有的义务，协助、督促大家把事情做好。你在我身边，当然是为了以防随时遇到的紧急事务。难道你想当逃兵？"

一百步都走了一半，这时候当逃兵未免太不划算……许轻饰自是一个劲地摇头，默默跟在他身后。

如果只是这样也就罢了，可是林知逸不！

"来，把这个宣传单打印一份。哦，顺便，U盘里有我的论文初稿，也帮我打印了吧。"

宣传单只有一页，论文初稿可是三十多页啊大哥！许轻饰待要理论，林知逸做了个噤声的手势："No reason（没有原因），还记得吗？"

不就是免费劳动力吗？许轻饰以手扶额，只当认栽。

有了这个开头便很理所当然地有了其他杂活，比如给部长大人买盒饭，帮部长大人背笔记本电脑——当然，部长大人自己"拎"着一本大概40来页的资料书等等。

就连白宇都曾经看不下去，对着林知逸抱打不平道："人家打赌输了，说好为学生会服务的，你倒好，彻底把人家变成了你的二十四孝小跟班。哪里有压迫哪里就有反抗，小心人家揭竿起义。"

林知逸看着许轻饰敢怒不敢言，殷红的一张脸，心旷神怡道："啊，她这不是也乐在其中吗？"

白宇看着许轻饰眼中不时飞出的冷箭，还有挤眉弄眼的样子，调侃道："我记得小学的时候，一个男孩子喜欢女孩子，就会拼命欺负她，让对方又羞又恼，以此吸引对方的注意力，证明自己的存在是特殊的。林大才子，你确定自己不是这个套路？"

林知逸冷哼一声，快走几步跟上许轻饰，强硬地把笔记本电脑的包背了过来，又过资料书递给对方："交换一下。"

许轻饰接过书，一脸的莫名其妙。让她更加莫名其妙的是，那天到点后，林知逸主动提出请她吃饭，还让她做选择。许轻饰先是怀疑对方图谋不轨，却被对方一个眼神顶了回来："并不是所有男生都会对漂亮的女生有企图。"

天可怜见，虽然姿色过人，但是许轻饰大大咧咧惯了，粗线条一个，自认为从未遭遇这种男生对女生有企图的情形，乍被人这样误解，且当面说了出来，一时有些臊得脸红脖子粗。

林知逸有些惊诧地望她。见过了她挠人时的粗鲁野蛮，见过了她答

辩时的狂放无知，更见过她一张脸变千种模样，撒娇卖萌耍泼全不在话下，便很难将美人与她策划业务时的精明画等号，更无法想象她如少女般害羞的模样。毫无抵抗力地，林知逸听到自己的心扑通扑通多跳了几下。

"既然如此，不如我们去吃H家海鲜自助吧？"一无所知对方心理变化的许轻饰转移话题，提议道。

H家海鲜自助499元一位，果然识时务得很……林知逸收回心神，愉快地反驳了对方的话："哦，今天我不想吃海鲜，不如吃A家料理。"

如果对方同意了H家海鲜自助，那就真的有问题了……许轻饰闻言放了心，便不将对方说的A家料理放在心上。毕竟人均200元什么的，跟前面那个完全不能比。

那天晚上，除去为了省钱，林知逸点了情侣特卖套餐外，许轻饰吃得很好，很满意，甚至当晚在LOL游戏里，还跟叶弋然夸了一夸。没想到的是，第二天她刚一醒来，便看到学校的微信公众号推送来的一篇言情文《会长大人的学渣女友》。

会长金融系出身，大才子，辩论高手；相比之下，小女友确实个战斗力只有五的渣渣……

许轻饰一路惊异地从头看到尾，终于在看到A家料理情侣套餐时确认，这个小白言情文正是以她和林知逸为原型写的。一时间，好似新的世界大门被打开，她惊得目瞪口呆。

没过多久，微信便响了起来，她收到了各路知晓内幕的亲朋好友的道贺。

"还以为嫁不出去，没想到嫁得这么好！"

"会长大人那么好，一定不要辜负他，不然跟你没完！"

"怎么测试会长大人爱你有多深？不如告诉会长大人，如果爱你就包了校园里的那个莲花池！"

……

许轻饰拉黑人的时候在想，为什么不能有个群拉黑的功能？

虽然微信上屏蔽了一些人，但现实中还有很多人避不开，比如席思瑶，以及感觉几乎从不离身的"忠犬"白宇。

"轻轻，看到你们我才知道什么叫欢喜俏冤家，有生之年竟然在现实中遇到，真的好感动。"席思瑶如是说。

冤家是真，欢喜没见到……许轻饰默默想。

白宇跟着补刀："走在路上听到有人议论，我都恨不能挺身而出告诉对方，一个是我室友，一个……嘿嘿。"

所以，他语气里完全不做掩饰的骄傲是什么？

许轻饰实在无力吐槽两人，摆摆手把两个人轰走："快走开啦，我要是咬起人来自己都害怕。"

从未经历过感情纠结，更不要说这种绯闻式的，还被人当成了笑柄，许轻饰完全有理由相信，此前的一帆风顺，是为此时的各种糟心做

铺垫。

可是，知难而退缩起头来做人，任由名誉被毁，不是她许轻饰的做人风格。沉思了片刻，许轻饰决定直接找肇事者出面，快刀斩乱麻。

于是，在时隔不久后的大清早上，许轻饰再次来到了男生宿舍楼下。

在等待林知逸下楼的过程中，宿管阿姨往外张望了好几次，很是警惕。许轻饰想起上次闯宿舍的荒唐行为，便把衣服拉起来，挡住自己半边脸。

好在没等多久，林知逸就下楼来，脸色却十分平静："那个文我看到了，你是想怎样？"

"出现这个文，都是你的原因。要是我只在学生会办公室里帮忙，而不是去吃什么料理，就一点事情都没有了！所以，现在我有权利要求你，出面平复流言。"许轻饰义正词严道，看到林知逸不答话，她转转眼珠，小脸上透着灵动，"或者，赌约就此作废，我们保持距离。"

林知逸看了她一会儿，直到许轻饰怀疑对方已猜到自己倾向于第二个选择时，才出声道："料理好吃吗？"

许轻饰明知是陷阱，却依然控制不住似的回答："好吃。"说完她就立马惊恐地捂住了嘴。

林知逸轻轻笑了："一般当事人出面辟谣，只会让谣言更加有可信度，风头更大。取消赌约呢，我的权利又会受到损害。所以，不如我陪你去上课，先帮你把'学渣'的帽子摘掉？一步步努力嘛。"

说得有理有据，无法辩驳，但是许轻饰总觉得哪里不对。明明……她提供了两条康庄大道给对方的，为什么似乎又被绕进了里面呢？

默默念着"宝宝心里苦，但是宝宝不说"的许轻饰，苦兮兮地带着早已掌握她文化课课表的林知逸去上课。

刚一进教室，两人便受到了无数的注目礼。许轻饰企图低着头夹着尾巴做人，奈何两人容色相当，学霸学渣配也挺有反差萌，早积累了雄厚的八卦基础，此刻哪怕坐在最后一排，也引得大家时不时往后看。这样一来，反而更显得他们特别。

等到上课的时候，老师自然也看到了，不由戏言："说起来，我们开课自由、听课自由，之前我还以为，直到这学期结束，我都不会看到许同学呢。没想到今天不仅看到了，还带来了传闻中的才智过人的会长大人，也算是赚到了。"

同学们善意地回头看他俩，爆出哄堂大笑。

许轻饰垂着脸，假装他们说的那个人自己根本不认识。

没想到林知逸却拉着她往前排凑，边走边小声道："来，带你到学霸区。"

学霸区……许轻饰此刻只想回家找妈妈。

老师对着林知逸点头："以后多来几次，摘掉'学渣'帽子指日可待了。"

　　林知逸淡定点头，礼貌地说："谢谢老师。"

　　因为这个小插曲，课堂上很是热闹了一会儿。而许轻饰与林知逸也被人360度围观。

　　初时有些纠结，到了最后情形越发糟糕，许轻饰反而淡定了下来。

　　不用说她也知道此前多么失策，现在他们不仅证实了"会长大人与学渣女友"这个关系，更坐实了自己"学渣"的身份。可是又能如何呢？反正情形不会更坏了，先接受再做安排吧。她如此想着。

　　敏锐地察觉到许轻饰情绪的变化，林知逸松了一口气。待进入正式讲课好一阵之后，他递给对方一张纸条："能给我说说原因吗？你的文化课成绩那么差，现在连课都不上，课本也崭新得像刚买似的……那么，你是怎么还能安然待在美术学院里的呢？老师竟然从来没有劝退过？"

　　许轻饰勾了勾嘴角，在纸上一笔一画写道："老师们都喜欢我呀。怎么，不服气？"

　　岂止服，简直是大写的服气。林知逸点头，冲她输了大拇指。心中却道：事若反常必有妖。她不说，难道自己还不会查？

　　因为林知逸置之不理的态度，《会长大人的学渣小女友》带来的困扰很是让许轻饰愁苦了些日子。再加上8小时的无情压榨，许轻饰即便是上了游戏，兴致也不是很高。

说也奇怪，叶弋然竟然十分知情识趣，见她如此，也不以为怪，只是由着两人乱溜达，她在一边发呆。

最终反而是许轻饰按捺不住，率先说道："好吧，我在现实中遇到了一个让人很头疼的人物。"

叶弋然静静地望着她，好半晌不说话。

这样的沉默，于向来粗线条的许轻饰像仿佛是激励，于是就像打开了话匣子似的，将她与林知逸的纠葛说了个明白。然而对方依然沉默，直到许轻饰有些后悔自己对着陌生人一吐为快不太妥当的时候，叶弋然突然道："有多讨厌？"

"超级无敌！"许轻饰想不想道。

叶弋然道："看来你短时间是摆脱不了对方的，那么我建议换个思路想问题——你不是美术学院的吗，画工应该不错，那怎么就没想到把你们相处情节改编成漫画故事呢？因为就我看来，你们的故事挺有趣。"

"啊？"许轻饰下意识困惑地回应，转念又道，"我知道了！我可以在漫画里把他塑造成一个十恶不赦的大坏蛋，狠狠虐他。"

叶弋然这次沉默的时间更长了一些，久到许轻饰担心对方不在线时，对方道："你开心就好。不过……难道你没想过投给出版社试试？"

"对哦！"许轻饰如醍醐灌顶，很快反应过来，"万一投中了，我

还可以小赚一笔！啊啊啊！叶弋然你太帅了，完全是神来之笔啊！"

她开心地转圈，一身明艳的红裙跟着舞动起来，飘逸得不似凡人。叶弋然见状悄悄释放了几只蝴蝶，操纵着它们围着许轻饰飞舞，看起来好似蝴蝶闻香而动，算是成就了一段奇景。

待下了游戏，许轻饰就开始动工画了起来。好像是早已镌刻在脑海里，她拿起笔时，几乎不用多想，几笔便勾勒出Q版的林知逸。浓眉大眼，一身正气，却配上了娘娘腔又啰唆的人物设定，十分可爱。接下来一切都变得容易了，从两人第一次"乌龙"相遇，绘画课上的少年模特与秃头大叔，"叫早团"被撤时的第二次交锋……

不过几个月的敌对光阴，许轻饰这么一整理，竟然整理出无限心酸，两行老泪。待飞快地完成了草稿后，她拿给席思瑶看，忍不住吐槽道："不整理不知道，一看吓一跳！一路走来我几乎都是被打压，妥妥的一部哪里有反抗哪里就有压迫的血泪史。天理难容啊，天理难容！"

然而无视她的凄凄惨惨戚戚，席思瑶拿着稿子看得捧腹大笑。

"我好像交了一个假朋友……"许轻饰伤心道。

席思瑶笑着摇头道："不不，只是这样看，觉得你们两个好萌好萌！快投出去，我觉得一定能通过。"

"我确定是交了一个假朋友。"许轻饰佯装难过。

不过她向来干脆利落，既然叶弋然一早就提起了这个思路，自己也画了出来，并且得到了好友的赞赏，当天就投给了本地的一家出版社，然后把这件事情忘得一干二净。

万万没想到，拜叶弋然吉言，没过多久就收到了稿件被接纳的通知，要在官方微博上开连载。当然，许轻饰关注的是，她从中小赚了一笔。一时兴奋的她当时就上了游戏，对着叶弋然一顿猛夸，道："我单方面决定了，你就是我的幸运星！"

遗憾的是，半刻钟过去了，叶弋然也没有回复。许轻饰突然想起双方并没有约定今天上线陪练，一时有些沮丧。

她刚要郁闷地关掉游戏，突然对方发出了一个圆滚滚的熊猫拍手祝贺的表情，旁边配着文字："祝贺你。你看，有时你以为会让你很难过很不痛快的事情，或许并非是你看到的那样。"

"才不是呢！"许轻饰快速反驳，接着道，"你不知道他有多可恶，今天竟然叫我替他处理榴梿肉。榴梿新买不久，他接到导师电话要出去办事，因为怕坏掉，所以交给我的所谓的处理方式就是——吃掉！天知道，那个味道是多么销魂，我平时只是闻着就已经要跪了。"

叶弋然道："榴梿闻起来确实不容恭维，不过真正吃起来还是不错的，最主要是它营养价值高，富含各种维生素。要不是这样，我也是不吃的。"

"握手，同道中人啊同学！"许轻饰感动地热泪盈眶，继续吐槽大恶魔林知逸，末了说，"不过，我准备多跟着他，有事没事吵个架什么的——当然即便不是我刻意，估计也是家常便饭。这样的话我就能多搜

集素材，开工漫画版第二部了！稿费又要噌噌地来了……想想有点小激动。"

叶弋然："……"

"怎么，你有意见？"正在兴头上的许轻饰兴师问罪。

叶弋然道："没。你开心就好。"

得到了这句话，仿佛拿到了了不得的许可证，许轻饰打着自己的小算盘，新的想法噌噌地冒了出来。

果然是幸运星，一下子就为自己打开了新世界的大门。

CHAPTER

05

第五章

PLEASE,

原来你也这么感性 MY SENIOR

　　林知逸发现，最近自己的二十四孝小跟班有些古怪：平日里恨不能保持八百里开外的许轻饰，竟然开始自发、主动地往他身边靠。而她的情绪也愈发难以捉摸，常常自己一个人想事情出神，然后就笑了。等林知逸刚多看一眼，对方便寻了由头不分青红皂白地吵起架来，简直无理取闹得像个小女生。

　　许轻饰自是不管对方怎么看。每天被对方压迫，艰难生存早就受够了。那么与对方吵吵架，不仅能宣泄情绪，还能多搜集搜集素材，再填充到漫画里，回头银子到手，也算是对得起自己这一番辛苦。怎么看都是互惠互利，何乐而不为？

　　所谓知己知彼，百战不殆。为了更多地了解对方，摸透他的脾性，许轻饰发动"小魔仙业务"的团员，号召大家深挖林知逸的信息，挑拣、筛选，从而拼凑出一个较为完整的林知逸：

　　"听说他的父母都是top1、top2高校教授，一个自由民主，一个严谨科学，你说那样的家庭氛围下，他所受的是怎样的家庭熏陶？天啊，好想知道他家还缺不缺妹妹！"

"天生聪慧，3岁就能背诵π小数点后200位数字！我的天啊，那时候我能不能数到100个数还是个问题。难怪他有那么高的数字敏感度"。

"他打识字起就开始看寓言故事，上小学就开始读莎翁弥尔顿……果然双语教学要从娃娃做起，不文学要从娃娃教起，不……我已经混乱了。"

……

许轻饰根据听来的信息勾勾画画，当对方的形象慢慢丰满起来时，是真心想要向对方跪拜的。仅仅是我泱泱中华的方块字，就已经让她头晕目眩，更不要说那些鬼画符一眼的外语了。

陪着许轻饰的席思瑶感叹道："能在T大号称'风云才子'的，怎么可能会是浪得虚名呢？而大凡有才的，难免会有些恃才傲物，或者这样那样的怪癖。跟那些比起来，他还算是很不错的。"

许轻饰讶然道："你是不是误会了什么？难道没看到他是多么傲慢，还目中无人……"看着对方愈发不赞同的神情，许轻饰打住话头，摸摸鼻子道，"好吧，那么这些都勉强算作可以被原谅的。可是他对女生那么恶毒！这一点无论如何也是不能被接受的。"

席思瑶轻轻一笑道："我看到他对女生超级绅士的！你说的恶魔，是仅仅指你吧？"

怎么可能？许轻饰嗤笑，兀自不信。

然而不管如何，两人度过了一段谜之和谐期。简单说来，就是林知逸持续压迫，成功地激怒了许轻饰后，许轻饰单方挑衅，林知逸且战且退。不断积攒实战经验的许轻饰渐渐摸透了对方的脾性，学会了如何心平气和地应对。

这天下午没有课，难得也没见着林知逸那个大恶魔，许轻饰背着画板在湖边走着，到湖心岛找了个视线不错的地方坐了下来，躺在草坪上晒了会阳光，晒足了便拿起画板开始漫画。

她手法娴熟，倒像是个大家，几笔下去，已经勾勒出一个脸庞清晰的轮廓：一张帅气又骄傲的脸。

许轻饰停下笔，仔细看着。发现真的很像自己认识中的林知逸，骄傲、目中无人，像个恶魔。不禁摇头一笑，她自言自语道："我这绘画技能真是无人能比了，画这个坏蛋居然这样入木三分。"

也许连她自己都没注意到，她的笔触愈发成熟，笔下的林知逸也愈发丰满了起来，讨人欢喜起来。虽然她依旧定义两人的相处为"相杀"，但是两人的关系明显融洽了许多，似乎有种说不清道不明的淡淡情愫萦绕在两人之间。

而最先发现这一切，自然是"风流子"——白宇。他曾对着席思瑶戏言，两人看了有些不可说的秘密。席思瑶留意听了，回头就委婉提醒许轻饰注意对方来。

尽管席思瑶说的时候，许轻饰并不在意，可是她也并非盲目的人，经好友如此提醒，便在与林知逸再次交锋的时候，削减了十分的锐气，留意观察。她很快就发现，尽管大多时候两人吵吵闹闹的，但整体来说又似乎觉着这人也不错。

甚至于，林知逸从某种程度上，确实可以称得上是个绅士。出于自身品行的原因，他的女生缘很好，可是并不像白宇那个花花公子，总是一副吊儿郎当，"乱花丛中过"。林知逸常年以"冰山"形象示人，装作不解风情不识趣的样子。而如果女方仍执意纠缠，他则会直接狠话拒绝，不留半分可能。不过若是大庭广众之下，他则会既照顾好对方的面子，又能恰到好处地拒绝，正是席思瑶口中的"疏离又绅士。"

当然最主要的是，他为数不多的优点里，有着至关重要的一个：期末考试第一的位置永远是他的，就连被自己拉着去上文化课，突然被老师叫了回答问题都是这家伙给解围的。

正想得愣神，许轻饰突然打了个冷战：我今天这是怎么了，怎么会给这家伙贴金！她晃了晃脑袋，重新开始画画。

而此时夕阳正好，余晖照向湖面，也洒在许轻饰身上，暖暖的，看起来很是温馨。谁又能说，此时此刻这一幕不也正是入了别人的画境。

待告一段落，已是夕阳西下。许轻饰慵懒地伸了个懒腰，利索地收拾好了画板。正巧席思瑶打电话过来："大美人，你还记得提前一周就预约了的大明湖畔的麻辣香锅吗？我到北门了！"

提到吃食就来了十二分精神的许轻饰道："我在湖边，三分钟后到南苑，会比你早哦。"

"那你先过去选菜吧，稍后见啦。"席思瑶愉快地回复。

许轻饰挂了电话，愉快地朝食堂走去，嘴里哼着小曲："雨水滴在我的外套，思念浸透我的衣角……"

待到了餐厅，看到香锅跟前只排了两人时，许轻饰彻底兴奋了："吆呵，果然离林恶魔远一些，好运就噌噌地上来了哦。今天竟然不用排队！"她快速地拍照，微信给席思瑶，"要吃什么？速速报来。"

几乎是同一时刻，心有灵犀的席思瑶回复道："金针菇、宽粉、青笋、木耳。"

"真是个素美人，只吃菜。我要多多吃肉！"

许轻饰合上手机，冲阿姨道："阿姨，两人份的，要这个、鸡翅、肥牛片、午餐肉……"

几乎是不知不觉间，就点了一大篓。许轻饰待要再点，见阿姨看过的来的眼神有些异样，先是心虚了两分："那什么，先点这么多吧。"

就是点菜这么一会儿的工夫，食堂里已经人满为患，香锅窗口前也已排了长长的一队。许轻饰发了长长队伍的照片给席思瑶："不要太感谢本大爷哦，比如以身相许什么的就算了。"

万万没想到的是，赶得早不如赶得巧，正正遇上热菜出锅的席思瑶没想着以身相许，只是想给她的菜盆跪了。

"这么大一盆……我说，是四个人的分量吧？轻轻，你最近是遭遇了什么？这不是要养猪吗？"

"没关系了，多吃点，吃饱了才有力气战斗。其实没想点这么多来着，看着好多想吃的，一不小心就多了。大不了吃不完打包回去啦。"许轻饰嘿嘿一笑，"当然主要原因是发了稿费心情好嘛！再说，人生得意须尽欢啊，同学。"

"恭喜恭喜！"席思瑶诚挚地祝贺道。

"必需的！赚钱大计啊，哈哈，要多谢我的幸运星。"

说毕两人拿着饮料碰杯，然后互看一眼，抓起筷子迫不及待地吃了起来。

待到半饱的时候，许轻饰突然想起来白宇，便问道："那个白宇出现在你身边的频率越来越高了是不是？"

席思瑶叹口气，道："是啊，一直穷追猛打的。我真是不知道如何

是好。"

"虽然一开始我对这个白宇没什么好印象，又是林知逸的帮凶。但凭心来说呢，他条件还有人品确实也还不错，这么执着对你貌似也是真心的。"许轻饰认真道。

"轻轻你说什么呢，我不会喜欢他的。"席思瑶满脸严肃。

"为什么这么肯定？"许轻饰反问。

席思瑶神秘一笑："因为我已经有主了啊。"

许轻饰诧异，继而故作生气："什么时候的事，这么重大的情况都不汇报。不靠谱的了！"

"别生气嘛轻轻，也是刚答应的，没来得及公开呢。"席思瑶双手晃动许轻饰的胳膊。

"那还不快从头道来，我倒要看看是何方神圣俘获了我家瑶瑶的芳心。"

"还记得我跟你提过的P大的孟颜鑫吗？"

"谁？传说中P大商管的那个大帅哥？"许轻饰两眼放花，满脸崇拜。

"嗯，聊了好久了，昨天刚确定关系。"席思瑶满脸幸福，心情仿佛要飞起来。

"哇，那是比这个白宇高一个层次了。不过你这地下工作很到位啊，一点风吹草动我都没听到。"

"你整天顾着跟林知逸焦头烂额的，哪还关注我了。"席思瑶提醒。

"好吧。那你这有家室的人了，就跟那个白宇明说了吧，别磨叽着给人家留点希望啥的。"

席思瑶撇她一眼，说道："你以为我想吗？还不是看你跟林知逸水深火热的，琢磨着暂时留着当个情报人员的。"

许轻饰忍不住伸出双臂来拥抱席思瑶："哈哈，瑶瑶真好，不惜牺牲美色来帮我。"

"知道就好，也不枉费我一番苦心的。不过话说，最近你跟那个死对头貌似很和谐啊，他怎么不找你茬了？"

"谁知道林恶魔还有没憋着坏水，不过自从认识了叶弋然后，我好像也没那么背了，跟林知逸一起的时候都是我找他碴，有时他竟然会无言以对，那感觉真是解气。"

"呃，看不出大才子居然也有吃亏的时候，不会是喜欢你了吧？"席思瑶疑惑道。

许轻饰愣了一瞬，才瞪着眼睛反驳："怎么可能，这么虐待我折磨我，讨厌我倒是真的，要是喜欢……猪都会飞了。"

说完又立马耷拉下脑袋，感觉自己脸有点微微发热。同时她的脑海

里浮现出第一次大闹男生寝室时林知逸那结实的胸肌，绘画课上的模特画，辩论会的面红耳赤……一幕幕挥之不去。

会是喜欢吗？

这么想着，许轻饰的心里居然有了一丝期盼。

"轻轻，想什么呢？"席思瑶察觉到许轻饰的异常。

许轻饰回过神来，抬起头来，"啊，没什么啊。刚才有点辣到了。"

"哦，慢点吃，喝点果汁。"席思瑶随手把橙汁递了过来。

"嗯，没事。"许轻饰喝口果汁，感觉肚子好撑，看着盆里剩的半盆菜，皱了皱眉，对席思瑶道，"瑶瑶你快吃，我撑了，吃不下了。"说完摸摸圆滚滚的肚子。

席思瑶笑道："真是眼大胃小。我也吃不动了。打包喂鱼去吧。"

许轻饰跑去买了饭盒，打包完拎着，两人走出了食堂。刚出食堂，席思瑶就接到白宇电话，说是约席思瑶看新上映的电影。

席思瑶想了下爽快地答应了，随后叹声气对许轻饰说："曹操又来了，那这次就说明白点，省得他继续死缠烂打的。"

许轻饰赞成地点头。

吃完香锅，许轻饰一路跑回了宿舍，刚刚赶上约定的陪练时间。她赶紧打开电脑上线，看着右下角叶弋然的名字是亮着的，顿时心情大好。

"大神大神，幸运星幸运星！"

"云翠山下打BOSS，速来。"叶弋然丢下一句当作回话。

"Oh yeah，Go！"

说是打BOSS，然而许轻饰只是当个小跟班，等着对方打完BOSS蹭个经验值。叶弋然早已身经百战。他站在那里，长剑一身而立，端的是玉树临风。待BOSS露头，手起剑落，簌簌几下，眼花缭乱，不过几十招下来，BOSS就死了。

许轻饰掩饰不住的一阵欢呼。

叶弋然帅气地转身，嘴角上扬，对许轻饰道："看来最近心情不错。"

许轻饰果断地抱叶弋然的大腿："大神果然是我的幸运星！不仅成功地让我小赚了一把，还让我重新看待恶魔。现在看到他顺眼多了！"

对方只是发来一个点头的表情作为回复。

"所以了，现在发现那冤家也没那么讨厌了。"

"怎么理解？"叶弋然快速回复道。

许轻饰想了想道："就是突然发现他也蛮多优点，就是个嘴硬心软的家伙，人缘很好，还很有才华了……"

"你知道《傲慢与偏见》吧？一开始女主就认定男主十分傲慢，存

在很深的偏见，最后也是在深入接触后发现，对方有那么多的优点，可惜以前一叶障目，误解了。"叶弋然回复道。

"这么说倒也是，我一直觉得他是小恶魔，当然他对我本来就很恶魔啦！不过感觉现在懂他多一些，就会觉得他可爱多一些。"

叶弋然："可爱……"

许轻饰开心地问道："是不是要夸本团长眼光独到？"

叶弋然："你开心就好。不管怎样，看来已经成功改观了！不错哦。（微笑表情）"

看到从来不发表情，尤其是这种可爱表情的叶弋然，许轻饰一时有些发愣："大神？"

叶弋然："怎么啦？"

许轻饰呆然地一个字一个字敲下去："大神你真的是本人吗？突然变了画风，看起来好像比我还激动，有些怕怕。"

叶弋然："呵呵。"

许轻饰清晰地接收到对方不善的嘲讽，立马跪地求饶："大神我错了，千不该万不该怀疑大神你有人性，我一直以为你是NPC（游戏自带的人物。非玩家角色）来着。"

叶弋然："……"

许轻饰指挥着游戏中的自己抱着脑袋蹲在大神身边，口中碎碎地念叨："大神你淡定，千万淡定，不要轻易动刀动剑哦！伤到我也就算了，虽然咱们也有了好几个月的交情，但是伤到了路边的花花草草就不好啦……"

叶弋然轻轻拍了拍她的头，道："我又没说要怎样，不过就是心理受到了创伤，也不大，就是可能会对这个世界、这个人生缺失信任而已。"

都上赶着套瓷了……许轻饰内心长叹，期期艾艾地问道："那有什么解决办法吗？"

叶弋然："你好好去画漫画吧。这事就先记录在档，总有要还的那天。"

"好的。不过说起来怪可怜的，估计林恶魔的室友今晚要哭了。"许轻饰突然转了话题。

叶弋然："怎么说？"

许轻饰不禁惋惜地说："落花有意流水无情啦，不过是被女神拒了吧。"接着随口又问道，"你有喜欢的人吗？"

"如果你被喜欢的人拒绝了，会是什么感受？"许轻饰好奇心爆棚。然而过了几分钟，对方仍然没有回复，不由得又追问了道，"我说不是吧，戳到了你的痛处，被女神拒了？算我的错……"

话说到此处，许轻饰不由得多了几分悔意，正琢磨怎么挽回，却听

到电话突兀地响了起来。拿起一看是林知逸，便按下接听键，没好气地说："同学，现在都晚上十点了，不在值班时间范围！"

"立刻！马上！出现在我面前，否则后果自负。"林知逸只撂下这一句狠话，便挂断了电话。

"发什么神经，哪根筋又错乱了。"本来很好的心情被这个电话给扰乱了，许轻饰十分不爽地微信："Sorry！老娘已就寝。有事请拨打4008008888。"

谁知，林知逸竟然发过来视频聊天。

"流氓！说了就寝了还发视频。"许轻饰愤恨道。

拒了视频，许轻饰又收到一连串的消息："马上出来与我碰头！"

"否则跟班期限加倍！"

"给你十分钟，我在东门等你。"

……

"啊啊啊！疯子！"许轻饰恨不能砸了手机。

想想好不容易当跟班的期限已经快到了，现在加倍，会死人的……许轻饰猛地跺了跺脚，无奈地拿起衣服往外走。突然又想起什么，回到电脑前给叶弋然留言："Sorry，恶魔急召，今天先到这吧，改天跪谢。"

待许轻饰急匆匆到校门口，看到林知逸已经在等着，她故意放慢脚步，悠然地走过去，不悦地说道："这大半夜的，什么事啊！"

林知逸没有言语，神情冷峻，拉起她就往校门外走。

"干吗呀，要去哪里？很晚了。"许轻饰看着他那冷酷的眼神，心想难道发生了啥大事？

"救人。"

"什么？救谁？"许轻饰有点懵。

"去了就知道了。"

时间回到一个小时前。

白宇在电影院门口等了好久，迟迟没见席思瑶出现，越发焦急。拿起手机又给席思瑶微信，信息刚发出去，一抬头就看见席思瑶朝这边走来，然而她还挽着一个陌生男生的胳膊。那男生身高足有185cm以上，清爽的寸头，白色短T，浅蓝色牛仔裤，全身散发着一种清纯与朝气。相较于白宇的"老油条"，对方无论哪个方面都力压白宇一头。

白宇有点懵，向席思瑶打招呼道："瑶瑶你来了。这位是？"

"这是我男朋友。"席思瑶淡然地说。

男生冲着席思瑶淡淡一笑，又冲着白宇点点头。

白宇彻底凌乱了，胡乱地道："男朋友？你什么时候有男朋友了！该不会是故意来应付我的吧？"

　　“难道我找男朋友还得跟你请示吗？只不过是既然你再次约我，我刚好与男友在一起，便带他一起来见见我的朋友。”席思瑶皱眉，不悦道。

　　“朋友？你说我们是朋友？”白宇难以置信道。

　　席思瑶望着他冷静地问：“要不然呢？”

　　白宇混乱地说道：“不会的，以前我想方设法接近你，你从来没有拒绝过我，甚至还经常主动联系我，不可能对我一点感觉没有。”

　　“你想多了，我找你也都是为了了解林知逸的情况。毕竟你知道，我和轻轻……”

　　“你喜欢林知逸？”白宇犹自难以置信地问道。

　　“差不多可以了，白宇。你自己也明白的，向来以柳三变自比，自诩‘乱花丛中过，片叶不沾身’，从来不缺女友，尤其是优秀的女生。而你追我，也不过一时兴起而已。我以为你懂，我也懂，以为我们有默契的。所以之前在你要冲动袒露的时候，拒绝过你。你也默认了不是吗？现在当着我男友的面说这些，并算不得男人。”席思瑶狠了心要拒绝，所以什么话都毫无保留地说了出来。

　　白宇顿时什么都明白了，或许早该明白，不过一直自欺欺人，甘心被利用，借着室友的理由与对方频繁接触，以为这样就会让自己成为独立的存在，能争得一席之地。只是没想到，半路被这样一个小男生碾压。他待着一动不动，也不知该说什么了。转头迎上男生的目光，继续不死心地问道："你真是她男朋友？"

男生倒是大气，一直面带微笑，给人一种干爽清净的感觉。面对白宇的质问，他也没有生气，只是肯定地点点头："多谢你之前照顾瑶瑶。不过以后，我会来守护她的。"

席思瑶不为所动，对着白宇上了一针狠药："我很感谢你能成为我的客户，也很感激在双方对峙时，你能'背叛'室友，助我良多，当然现在想来，也可能是你室友故意这么做的。不管怎样，我和轻轻都要对你说声谢谢。不过人生每一段历程都有开始和结束。以后无论何时，我想都会记得你的好心与善意。"

是了，唯有好心、善意，而独独没有一丝情意，果然是好人卡发放的正确方式。说什么开始于结束，不就是轻易不要再见面的意思吗？长久以来美好的幻想瞬间破灭，面对眼前的席思瑶与男生，白宇感觉受了极大的羞辱，呵呵两声，在还能稳住情绪前道再见，风一般地跑开了。

席思瑶望着他的背影，有些于心不忍。

男友转身给席思瑶一个拥抱，温柔地安慰："我知道你向来温柔，又体贴。可是感情的事情啊，当断不断，反受其乱。好了，都解决了，电影快开始了，进去吧。"

席思瑶闻言笑道："确实，我也该放下这样的包袱啦。快走吧，等

了好久的片子，一分钟不能错过。"

说着两人就携手朝电影院冲去。

并没有人想到，向来浪荡的白宇此番情伤颇重，不得不以酒浇胸中块垒。

许轻饰一头雾水地被林知逸带着上了出租，心中设想了N多场景。然而下车后看着整条街灯红酒绿一片盎然，十分地不明所以。

"你确定……来这里救人？"许轻饰反问道。

"确定，一定以及肯定。"

"呃，说得好听。你不会遇到什么想不开的事情，让我陪你喝酒的吧。没看出来啊，原来大才子夜生活如此丰富。不过呢，事先约好啊，我可以看着你喝，但是我不喝。谁知道你酒品怎么样了，孤男寡女的……"许轻饰嘴不停地张张合合。

林知逸只是皱了皱眉头，并未答话，径直在前面走着。

许轻饰紧跟着他走进了一家酒吧，顿时感觉到震耳的动感DJ声冲击着耳膜。她两手掩着耳朵，还在不停地嘀咕，只是都已经被震耳的声音给遮盖了。

林知逸顺势拉住她的手，她想要撤开，却甩不动，只得佯装没感觉似的跟着他穿梭在人群里。林知逸一路四处张望着，似乎在找什么人，最终却是走到临近T台的位置，在吧台边坐了下来，顺便点了杯鸡尾酒，边盯着舞台看，边问许轻饰道："你喝什么？"

许轻饰瞥他一眼，没好气地回答："白开水。"

"不好意思，小姐，这里只有酒。"服务员面带微笑地提醒。

"那就不要了。"

"给她一杯同样的。"林知逸好声与服务员说道。

"我不喝！才不会学你买醉。"许轻饰鄙夷道。

"怎么？我酒品好着呢，要不要试试看？"林知逸进来后，仿佛心情大好，脸也不绷着了。

"嘁，谁怕谁啊！只是不屑与你为伍罢了。堕落！腐败！"许轻饰愤愤道。

林知逸看了她一眼，长长的睫毛扑闪了一扑闪，仿佛带电一般，奇迹般地让许轻饰有些呼吸紧促。她勉力镇定，继续发泄自己的不满："骗子！想喝酒，竟然还要找个吓人的理由。"

林知逸只是微笑着摇摇头，晃动着酒杯，看向舞台中心的位置。

许轻饰也顺着看向舞台，但只看到几个辣妹在跳热舞，也引起了全场人的欢呼，口哨声不断。

她转头看向林知逸，嘲讽道："看来我们的大才子口味还真是重呢。果真男人都不免俗啊！"

　　"仔细看。"林知逸视线一动没动。

　　"嘁，老娘才没那么俗气。"虽然心里不承认，但仍无意识地看向舞台。却在下一秒惊叫了起来，"天啊！你看那是谁？"她难以置信地揉了揉眼睛，重新看向舞台，满脸震惊，"我没看错吧，是你的室友，我们的小白学长吧？"

　　林知逸点点头。

　　此时舞台中央，随着DJ的动感节奏，白宇正跟一辣妹跳着贴身舞，那妹子身材火辣，皮肤白皙，身着紧身短款连衣裙，随着韵律扭动着身躯，魅惑十足。再看白宇，极力地配合着身旁的美女，荷尔蒙爆棚，但明显看得出来舞步有些虚浮无力，估摸着是喝了不少酒，有些意识不清。

　　"啧啧，亏得自称遇见了我们瑶瑶，便如见到了真命女神一般，自封情圣，专一痴情，背地里跑来泡夜店，玩得这么开心，真是长见识了。"许轻饰感慨万分，继而又道，"你不用打招呼就知道来这里找人，看来也是这家夜店的常客咯。"

　　"辩论赛没长记性是吗，别随便下定论。"

　　"只是陈述事实而已。还好我们瑶瑶……"说了一半的话突然顿住了，仿佛想起了什么，拍拍脑袋，恍然大悟，"难道是因为瑶瑶？"

　　"终于智商上线了？"林知逸斜睨他一眼。

120

"啊！真的是呀，看来对他打击太大了。"许轻饰想到刚才对白宇的嘲讽，再看他此前的颓废，多少有些于心不忍，想说点什么，但在这个家伙面前，又绝对不能有道歉认错的先例，只得话到嘴边又咽下，忍得十分艰难。

林知逸举着杯子浅浅抿了一口道："一见误终生，一路追到今天，却是一场空，任谁都会放不下。"话如此说着，倒是半点看不出担忧的神色。

"襄王有梦，神女无心。不过也强求不来呀。"许轻饰道。

"这次的成语用得很符合语境，难为你了。"林知逸举起酒杯跟许轻饰地碰了一下，以示对她的肯定。

许轻饰白他一眼："真情流露而已。"

"哈哈，看来这些天跟着我进步不小啊，说话越来越有艺术了。"

"本团长书读万卷，跟你有什么关系。"许轻饰满脸不悦。

"万卷哦，哪万卷，说来听听。"林知逸打趣。

许轻饰装作没听见，回头又看向舞台中心，立即转移话题："话说要不要过去劝一下啊，你这室友兼兄弟的。"

"这么劲爆的不想多看会啊，人家正玩得高兴呢。"

"你是来救人的，我无所谓啊，难得一见的情景我巴不得呢。"

因此两人就这么兴致盎然地一起看着白宇在人群中跳舞。过一会，

许轻饰嘀咕："不行，我得给他记录下来，回去给瑶瑶也欣赏一下。"

说罢许轻饰就拿起手机开始录视频，怎奈刚按下Record键，手机就被林知逸一把抢走。

"仅供现场欣赏，不支持外带。"

"你管我，还我手机，我有自由权。"

"你确定要跟我讲人权？"

"怎么？"

"台上的是我兄弟，我有权利维护其肖像权以及知情权。"林知逸两手一摊，一副理所当然的态度。

"你……"抢不到手机，又被林知逸驳得无语。"脸皮真厚，好意思称兄弟，你兄弟要知道你在这看热闹，不知作何感受呢。"

"难道不是你想看吗？"

"拿我当挡箭牌呢。那我就看热闹了，又不是我兄弟。"

说话间，突然舞台那边传来哄闹声，引起他们注意。转头望去，刚好看见白宇跟跳舞的妹子在拉扯，踉跄得差点没站住。

林知逸快速地拨开人群走过去，靠近后，只听见白宇口中胡乱地叫着："瑶瑶，你是喜欢我的对不对，对不对？"

对方不耐烦地道："帅哥，擦亮眼睛看清楚了，我不是什么瑶瑶，也不会喜欢你，大家出来玩只是图个娱乐而已。"

"瑶瑶你说什么呢，我怎么会不认得你。"说着站稳了又要去拉那位美女。

"啪"的一声响，白宇被突如其来的这一巴掌打懵了，脚下没站稳，就要倒下去。林知逸及时赶到，伸手搀住了他。

"不好意思，他失恋了，心情不好，冒犯了。"林知逸和气地对那位美女说。

美女看对方高大帅气，满眼闪着红心，但又感受到那自带的一股生人勿扰的气势，只得微笑着回了句："不碍事的，也是可怜人儿。"说完便走开了。

白宇被打了这一下瞬间清醒了过来，晃晃脑袋，看清了林知逸，有些兴奋："你来了，快陪我喝酒。"

紧接着看到林知逸身后的人，便又拉下脸来，毫不友善地对许轻饰道："你来做什么，看我有多糗吗？"

不等二人回话，他一个人径直走到了吧台，两人默契地在后面跟了过来。

白宇跟服务生要了酒，却一把被林知逸给夺了去："玩够了，该回去了。"

"拿过来，我还没喝够呢。"此刻的白宇并没有什么理智。

"喝够不喝够的，也解决不了问题的嘛。我们从根本直接想解决办

法……"许轻饰劝慰道。

"要你管！你谁啊！"白宇朝着她大喊，"不对，瑶瑶这样对我，都是你安排的吧。心机女。"

"为了自己的目的，不惜让好朋友来色诱，真够自私，这团长的水平真是杠杠的。想想也是，没点小心思，能当上这团长。"

见许轻饰不言语，似乎所有的阴谋都被自己说中，不好争辩，白宇不自觉地提高分贝继续发泄："怎么着，无话可说了吧。什么'小魔仙'，'女神团'，还LOL陪练，听起来冠冕堂皇的，蛮励志的，谁知背后在做什么龌龊的勾当，你是给学校的女生们吃了什么迷魂药，死心塌地地跟着你，真是白瞎了天生的好皮囊。"

林知逸有些听不下去了，看着许轻饰只是安静地听着，没有任何表情和反驳，他倒是着急了，正欲开口说话，许轻饰却及时拦住了："没事，让他发泄一下吧。酒后的胡言乱语，不用放在心上。"

听到她这样释然，林知逸心底莫名的有些心疼："真不在意？"

"没关系的，我能理解他心里的苦。想想从我们开学，他就整天出现在瑶瑶身旁，送餐、送水的什么都做，怎么着也是个富二代，却像个小跟班似的，能放下架子这样对瑶瑶，可见他也是付出了真心。这么久了，现在落个这样的结局，谁心里能好受。唉！"

"你那朋友对他难道没有半点感动？"

"感动或许是有的吧，但那毕竟不是爱情，况且瑶瑶现在已经有了男朋友，现在及时斩断也是最好的方式了。"

林知逸笑盈盈地看着她此刻有些深邃的双眸，眼睛里掩饰不住的温柔："原来你也这么感性，别人的故事都能走进自己的心里。"

许轻饰莞尔一笑，加上喝了点酒，脸色微红，整个人散发一种小女生的妩媚："女生本来就是感性的哦，只是看对谁。"声音都是软软的，跟平时的女汉子团长判若两人。

林知逸忍不住地用手刮了下她鼻子，她微微地皱了皱眉，并没有反抗。一旁的白宇刚好捕捉到他们暧昧的小动作，想着自己一个人的凄惨，顿时青筋突起，猛地把酒杯放在吧台上，发出刺耳的声响。

"你们两什么时候在一起了？"白宇的话语里带着一股酸味，又有一丝妒忌，"没看见我这个大活人吗，刚谁说来安慰我的，安慰呢？我怎么只看见某些人在秀恩爱！"

许轻饰正小口地抿着酒，听了这突如其来的话，一口酒呛在了喉咙里，不停地咳嗽着，本来粉红的脸色变成了深红。

林知逸赶忙帮她拍着后背："慢点，着什么急。"

她转头看向林知逸，见他并未生气也不争辩，好似白宇的话在他那很受用。

"啧啧，妇唱夫随，就是故意气我这个单身是吧。"看着他们越来

越暧昧，白宇心里不是滋味。

"学长酒后别乱言啊，天地可鉴，我们也就是普通学长学妹的关系啊，要说特别的也就当了几天跟班而已。"许轻饰见他越说越离谱，赶紧撇清和林知逸的关系。

"喊，谁信，一副暧昧不清的样子。"白宇表示不信。

"爱信不信，反正就是很普通的关系。林知逸，你倒是说句话，清楚地告诉他。"

林知逸的脸却黑了下来，阴森森地反问许轻饰："我们关系普通，那看来你和谁关系不普通了？"

许轻饰哑然，抓起酒杯压压惊，慌乱不知如何答话。

"说出来认识一下嘛，没什么不好意思的。"林知逸继续追问，不愿放过这个机会。

"那个……也没有什么不普通的，人家也只是经常帮我解答疑难而已。"许轻饰推托，同时大脑高速运转着。

"堂堂女神团团长，还需要别人来出谋划策，看来不是一般人了，名字叫什么，我看是T大的哪位高人。"林知逸脸上布满了黑线。

许轻饰想找个洞钻进去，不想再继续这个话题，心底一万个不情愿在呼叫。真是尴尬得要命，只得拿起酒杯咕咚地往嘴里灌。

"这是要壮壮胆呢，看来情况重大。"白宇一副看好戏的表情。

　　林知逸一直盯着她的眼睛，仿佛在寻求答案。许轻饰感受到炙热的目光，脸有些微微发热，连心跳也加速了，咬了咬唇，把脸转了过去。

　　"他叫叶弋然，也是一个学长啦。"许轻饰脑中突然蹦出来一个名字，面对他们的逼问只得临时拿出这个名字来用。想到叶弋然，突然记起自己刚刚就那么仓促的留个言跑了出来，不知道会不会一直在等她，又会不会生气。现在又借用人家名字，要是知道会怎么想她。许轻饰心底满满的歉意，提醒自己回去一定要好好补偿人家。

　　林知逸听见这个名字愣了一下但稍纵即逝，没有人注意到他微小的表情变化，随即脸上一种似笑非笑的状态，似乎对这个答案很是满意。

　　"什么，叶弋然？哪个专业的，我怎么没听说过，怎么认识的？"白宇听了许轻饰的话，暗叫果然有戏，顿时来了八卦精神，立马忘了自己前一刻失恋的痛苦。

　　没料到白宇此刻还有闲情八卦。许轻饰一时又不知该如何继续回答，本来只是应付林知逸的，现在可咋整。想了会，果断心一横，自圆其说吧，反正都又不认识。于是回答说："呃，其实也是刚认识不久，还没细问是哪个专业的。"

　　"学妹，可以啊，最基本的信息都不知道呢，就以身相许了。你们这些小女孩真是Open。"白宇边说着，还做了一个很夸张的动作。

　　"我们很纯洁的好嘛！说哪去了。"许轻饰争辩。

"说说你们是怎么认识的，又怎么开始纯洁的？"白宇满脸坏笑。

许轻饰白他一眼，"就是网上无意中认识的就聊了起来，我每次遇到烦恼的时候都会跟他倾诉，他总能帮我解决了。"

"哇，居然还是网友啊。我们的女神团长居然也搞网恋。"白宇给她竖个大拇指在眼前晃悠。

"狗嘴里吐不出象牙！什么话从你嘴里出来怎么就那么难听了？以前觉着你挺斯文一人，没想到酒后性情变化如此之大。"

"别转移话题，继续交代。"白宇步步紧逼，不放过任何细节。

"交代什么呀，该说的都说了，我们很纯洁的，最多算是蓝颜知己了，没你想得那么丰富。"

"蓝颜知己……这个知己可不是随便就能当的。"白宇瞪大眼睛，又看看林知逸，"你到哪阶段了？人家都蓝颜了！"

林知逸只是静静地品着杯子里味道浓烈的液体，灯光幽暗，无人看得清他此时的面部表情。自然也无人知道，此刻他的心理活动却是丰富到极致，惊讶于对方给了这么高的评价，兴奋于离成功又近了一步。纵使心中情绪千变万化，面上依然佯装淡定，若无其事。

许轻饰看看林知逸，发现他脸色有些阴沉。想着这白宇应该不会再八卦什么了吧，刚要松一口气，便听不死心的白宇继续发问："再说说是个怎样的人啊，把我们的大才子都比下去了。"

"什么跟什么啊，跟他不是一类人好吗！"说着许轻饰指指林知逸。

旁边的林知逸直直地看向她，虽然脸色不是那么好看，但仍然满脸的骄傲自信，仿佛在说："有谁能是我的对手。"

"那是哪类人，快点的。"白宇催促着。

"典型的暖男啊，对人总是那么体贴、细致。哪怕玩游戏的时候也舍不得我损失半根头发。"说完她捂住嘴，生怕他们猜到什么，又迅速道，"每次我有不开心的事了，他都会开导我，帮我出主意，仿佛能猜得到我心里的想法，或许这就是大家常说的心灵相通吧。再看看你们，总是那么的冷酷无情，自大。"

白宇摇摇头，感慨道："看来学妹陷得好深了。刚你们一唱一和的，我以为老夫老妻了，现在看……大才子，看样子你是没戏了。"

许轻饰有些背后发凉，转头看林知逸，发现林知逸也在出神地看着她，两人的目光相接，她不敢直视，尴尬地赶紧把头转了过来。虽然只有一瞬间，但她也注意到林知逸的脸色不能再黑下去了，顿时感觉自己像是犯了很大的错误。

白宇也注意到了林知逸的脸色，但仍一副嬉皮笑脸很过瘾的样子。他看着目的达到，开始哼着调子喝酒，心里偷乐着："哼！敢虐我，让你们也尝尝被虐的滋味，是不是很酸爽。"

　　林知逸确实有些懵了，面无表情地喝着一杯又一杯的酒。心里说不清什么滋味，似乎有醋坛子打翻了。可是，跟这么一个无中生有的人，吃的又是哪坛子醋。感情有时候真是一种神奇的东西，此时的大才子也无法左右。

　　白宇乐呵地喝着酒，看着沉默的两人，摆出一副胜利者姿态。但他哪里知道看得清林知逸的心底，又哪里知道许轻饰心里一直在呐喊："其实，林知逸你也挺好的，只是表面冷了些，内心还是火热的。"她想说出来，但在这个情景下几次话到嘴边又被咽了下去。

　　最终林知逸打破沉默："该回去了。"说完就往外走。

　　"别呀，再陪我喝会呀。"白宇坐着不想走。

　　许轻饰在犹豫要不要走，跟出去吧，林知逸一副好吓人的表情，怕受牵连；不走吧，确实很晚了，明天还有课，也没精神跟白宇在这瞎唠了。

　　片刻，她夺过白宇手里的酒杯，一字一顿地说道："该、走、了！"说完直接拉着他往外走。

　　"比林恶魔还霸道，要不说你心有所属了，跟他还真是绝配。可惜了。"白宇嘟囔着。

　　许轻饰再也不听他说什么，只顾拉着他走出酒吧，跟林知逸一起回了学校。

第六章

PLEASE,

愁，从男主沦为"男配"了 MY SENIOR

从酒吧回去之后，许轻饰就把白宇买醉的事情告诉了席思瑶，其中不乏她自己添油加醋的情节，听得席思瑶连连感叹。

"没想到，小白学长平时看起来情海浪子的模样，会有这样的表现。"席思瑶诧异地叹了口气，想想白宇是因为自己才这个样子，心里不免又有些愧疚，继续说道，"那小白学长最后没事吧？喝那么多酒。"

"呵，能有什么事？你是没看见酒醉后的玩得有多兴奋，还兴致很高地向我打听八卦消息。"许轻饰说着，想着今晚说出的叶弋然的事，一时间有些心虚。

席思瑶还是有些忧虑，又对许轻饰道："你说小白学长现在是不是特别恨我？"

"这有什么，哪里就恨上了？从始至终你也没做错什么，不过就算一开始问了他一些林恶魔的信息。即便如此，也是他乐意提供的呀，而且无伤大雅。不能说他喜欢上谁，对方就一定也要喜欢上他吧？你就别胡思乱想啦。"许轻饰安慰道。

"但愿吧，虽然我拒绝了他，但他对我的好我都是记在心上的，能有个这样的朋友我也是很开心的。"席思瑶释怀道。她一向对人友好，也从没想过伤害任何一个人。

"回来的路上他还一直叮嘱我，别告诉你今天晚上的事呢。还别说，他这人还挺好玩的。"许轻饰想到在车上时，被白宇威胁不能乱传晚上的事情，尤其是对着席思瑶的时候，就忍不住想笑。她许轻饰岂是那种受人威胁就卑躬屈膝的人？简直"too young too naive"（太年轻太天真），更何况事关好友，孰轻孰重，谁亲谁近，完全不用权衡的好吗！这不，刚一看见思瑶，她就迫不及待地全部说了出来。

席思瑶哈哈一笑道："也是难为他了。我就当作不知道好了，省得以后见了面也尴尬。"

许轻饰连连点头："嗯，反正不用担心了，小白学长一切都好着呢。"

第二天正在上课的时候，许轻饰接到林知逸消息：下课速来。

"本团长什么时候才能摆脱被召唤的命运啊！"许轻饰给席思瑶看短信。

席思瑶摇摇头轻笑道："加油，看好你哦。"

虽然心底一千个一万个不情愿，但是许轻饰一听到下课铃响起来，就朝学生会飞奔而去。一路想起昨晚林知逸担忧的脸色，不是不感慨的。看起来冷冰山一个，关心起室友来，人情味十足，实在难得。遗憾的是昨晚事发突然，竟然不记得拍照留证，实在失误。

许轻饰雄赳赳气昂昂走进宣传部，却惊讶地发现林知逸不在。她里里外外翻了个遍，愣是连个人影都没有见到。一想到跟催命似的短信，便下意识地觉得自己又被耍了，顿时有些不耐烦道："林恶魔你个浑蛋，又耍我，在搞什么鬼？"她百无聊赖地坐了一会儿，终于想起来找了看着和善点的同学打听，对方看着许轻饰，并没有感到惊讶，而是跟她说了林知逸的安排。

"什么？让我在这儿等他？这是什么意思，他人在哪儿？"许轻饰对林知逸给他安排的这项任务感到极度不解。

"这可难倒我了，部长去了哪里做了什么事情，也不可能跟我汇报的呀。他只是走的时候交代了我一声，等你来了后告诉你，顺便一提，部长说这也算作日常任务的一部分。"同学无奈地解释着。

或许林恶魔有急事去处理了？既然没说让自己先走，那应该一会就回来了吧。想通了这点以后，许轻饰倒是暂时松了口气——不用直面林恶魔，能有这么一个轻松喘气的时机，可真是难得。她客气地跟对方道谢，然后坐在林知逸对面的座位上开始画漫画。

一旦沉浸到某件事情中时，时间总是过得很快。而漫画则是许轻饰最近的真爱，她完全投入了进去。等一个小故事画完，伸了个懒腰，然后便听到了肚子咕噜咕噜的声音。她一看表，竟然不知不觉就到了12点半。不用说，办公室里的人都已经走了，就剩剩下她一个人。许轻饰摸摸肚子，嘀咕道："饿死老娘了！"。

"可恶的林知逸，死哪儿去了，还不出现！"许轻饰低声骂道，十分纠结。走还是不走，是不是林恶魔又设置的一个陷阱，诬赖她没有听从召唤？

正在这时，突然听得一道似笑非笑的声音道："谁在咒我呢？"

"老娘我！等得肚子都饿了，你也没个人影。是不是故意欺压我呢？"许轻饰呼地站起来，叉着腰，怒目而视，眼睛直直瞪着悄然出现的林知逸。

眼前的人并没有任何表情，只看了许轻饰一眼，撂下一句话："吃饭去吧。"说着又转身往外走。

"话说你叫我来，到底是做什么的？干等了小半个上午，不会是耍我玩吧？"许轻饰在后面喊着，一边快速收拾东西赶上林知逸的步伐。

林知逸只顾在前面走着，并未答话。

"你倒是说句话啊！"许轻饰依然不依不饶，一口气跑到林知逸前

面，伸开胳膊拦住了去路。

"你、不、饿、吗？"林知逸停住脚步，一字一顿地说，说完绕过她继续往前走。

许轻饰愣了几秒钟，又立即追了上去："拜你所赐，很饿。所以呢，你得负责我的午饭。这个点食堂都没饭了，你就看着办啊。"

见林知逸不说话，许轻饰立即补充："不说话就是默认了哦。"

两人一路走着，不时地接收到路过同学的注目礼。在"会长大人的学渣小女友"事件后，许轻饰貌似已经习惯了这种感觉，并没有表现出任何不适。只是紧紧跟着林知逸，不一会儿的工夫就走到了校园内的一家自助餐厅。这家餐厅比食堂的用餐时间要长一些，因此依旧有很多人。

许轻饰饥肠辘辘，看见五花八门的菜色，心情大好："哇，闻起来就觉得都是美味。好久没来这家餐厅了，如果它离宿舍近点就更好了。"说着就迫不及待地选菜去了。

几分钟的工夫，许轻饰手里的盘子就堆满了，全是鸡翅、带鱼、五花肉。再一回头，看到林知逸面前的碟子里，只有几块牛肉、西兰花、一碗蔬菜汤，不由得同情道："吃那么素啊。吃这么少还能长这么大个，也是难为你了。要不要我的分给你点啊。"

林知逸看了眼她碟子里的"小山"，又看看她，道了声："谢谢，不用。"然后继续低头吃饭。

许轻饰听出了他话里些许疏离的味道，兴致减了三分，悻悻地坐下来开始吃饭。猛吃了几口后，她突然想起昨晚的事，问林知逸道："昨晚你们回去没事吧，小白学长喝那么多。"

"没事。"依旧是毫无情感的回应。

"哦，那就好，瑶瑶还担心你们呢。"接着她又想问今天到底什么事，却听见林知逸先开口了："你今天的任务已经完成了，剩下的时间你是自由的，我先走了。"

许轻饰正啃着鸡翅，一时没反应过来，没来得及说话就看着林知逸已经走出了餐厅。她想追出去问清楚，又舍不得面前的美食，胃里的馋虫让她抬不起脚，只得自己嘀咕："什么情况？哪有跟人一起吃饭把别人撂下的。"要在以前，许轻饰恨不能离他远远的，但是现在，听到"自由"这个词，心里突然高兴不起来，反而有说不出的失落。昨天晚上在酒吧还有说有笑开玩笑，今天就黑着脸，拒人于千里之外，跟变脸似的。

没了兴致，再诱人的美食也索然无味，许轻饰情绪低落地吃完了这顿饭，直接回宿舍去了。

接下来的两天，许轻饰都没有见过林知逸，也没有收到跟班任务。每天上课，画漫画，许轻饰都有些心不在焉。

热恋中的席思瑶看出了许轻饰不太对劲，担忧地问她："轻轻，你这几天怎么了，怎么老是发呆，遇到什么事了吗？"

"啊，没有啊，可能最近有些累吧。"许轻饰找个理由搪塞。

"真的没事吗？那要多休息啊，咱们的赚钱大计来日方长，不用太着急的。"席思瑶以为许轻饰在为"女神团"的大业操心。

许轻饰勉强挤出个笑脸："瑶瑶真好，放心吧，我没事的。"面对席思瑶的担忧，许轻饰不知道怎么跟自己的好姐妹说，因为她自己也不清楚自己这是怎么了。

这天晚上是叶弋然的陪练时间，许轻饰照常完成了陪练任务，接着跟叶弋然在网上闲聊。

"恶魔最近不出现了，你说是咋回事啊？"

"不懂你们男生的心思。"

"可是我为什么也开心不起来呢。明明那么讨厌他，现在这么平静，反而有些不适应了。"

"我怎么会有点怀念呢？感觉自己生病了。"

许轻饰发出一串串的疑问，等了好一会，对方也没有回复。看看头像状态，还是亮着的，应该在线呢。

"幸运星，幸运星，你怎么也不理我了……"

"是因为上次没到时间我自己溜走么？"

"可是上次都怪林恶魔啦，突然找我有事，而且那时候我有给你留言啊。"

许轻饰心里奇怪呢，最近所有人怎么都这么沉默。一直等了半个小时，对方也没有像之前那样来安慰她。许轻饰的心情又凉了半截：说好的幸运星呢？亏得聊这么长时间，自以为已经很熟悉了，没想到关键的时候也这么不靠谱。

最后，许轻饰有些不舍地合上电脑，心情低落地拿起稿纸继续在漫画中打发时间。

她不知道的是，此时此刻的林恶魔，也正坐在电脑前发呆，心中万千头绪，不知从哪里捋一捋。今天在出声说话之前，他已经在办公室窗外看了许久。

认真作画的许轻饰，安静下来的许轻饰，眉目如画，娴静高雅，让人心里有一种岁月静好的感觉。无人知道他那时是怎样的欣喜若狂，宛若发现世间瑰宝。更无人知道他是怎样的紧张焦灼。两人有那样的开始，他该如何袒露心迹。

席思瑶回到宿舍的时候，看到许轻饰正在盯着稿纸发呆，心里疑问：难道大家说的是真的？

"轻轻，我回来啦。"席思瑶的声音把许轻饰从思绪中拉了回来。

"哦，今天这么早啊，你的大帅哥没有舍不得你啊。"许轻饰找话题。

思瑶皱皱眉头："早？这都11点了。"

许轻饰啊了一声，看看时间，果真都这么晚了，又看看稿纸，只有寥寥几笔，这么长时间自己都干吗了？

"哦，在想漫画呢，没想到已经这么晚了。"

"说到漫画，我看了你这几天的作品哦。你还有一大批粉丝呢，都给你留言了。你也快去公众号上看看。"

"咦？好像我好几天没关注了……我看看去。"许轻饰一时来了些兴致。

打开刊登漫画的那篇，直接滑动屏幕到页面底部，许轻饰发现这次的读者留言居然这么多。

"楼主，这期的漫画怎么有一种淡淡的忧伤。最近经历了什么？"

"看得好伤感，女主是不是要失恋了？"

"楼主，你男朋友是不是也这么对你的？"

"失恋也不要放弃哦，我们都支持你！"

……

看着大家一句句关心的话语，许轻饰心里有些慌乱：这么可能，谁会喜欢那个恶魔。她想要回复留言澄清，又觉着似乎有点此地无银三百两，最终只是锁屏放下了手机。

席思瑶看着她的样子，还是没忍住疑问道："轻轻，是真的吗？"

"啊，什么真的？"许轻饰故意装作不知道。

"轻轻，有什么事别瞒着我啊，看你这几天无精打采的样子，你真的喜欢林知逸了？"思瑶小心翼翼地问道。

"怎么会啊，别人不清楚，瑶瑶你还不知道吗，他简直就是恶魔转世，整天就知道折腾我，躲他都来不及，怎么会喜欢。"许轻饰用力地摇摇头，努力地解释道。

所谓旁观者清，席思瑶看得出好友跟林知逸并不像她说的那般，但许轻饰不太想说，也没再勉强，只是开导她："嗯，不管怎么样，有事就说出来啊，憋在心里怪难受的，你做什么我永远都是支持你的。"说完了许轻饰一个温暖的拥抱。

洗漱完后，许轻饰躺在床上，翻来覆去地睡不着，为了防止自己胡思乱想，拿起手机来翻看各种无聊的信息。突然看见绘画群里正在组织一个写生活动，大家讨论得热火朝天，让人十分心动，她便起了心思：与其这么郁闷地待着，出去散散心也好。下了决心后就直接报了名，仿佛解了心底的烦恼，一会的工夫就睡着了。

天亮后，许轻饰先去找了辅导员说明了情况。辅导员一直看重她的绘画天分，因此对她要求基本都是尽量满足，就很爽快地批了许轻饰的

假，不仅如此，还开玩笑地问："不是跟你的会长大人一起吧？不管怎样，安全第一。"

许轻饰无语。

她按捺不住地吐槽：辅导员你真是棒棒的，说好的"70"后的年龄，"80后"的身体，"90后"的心态真的不是在诓我……

回宿舍简单收拾了出行的行李，许轻饰就跟着大部队一起出发了。临行前想起明天又是叶弋然的陪练，昨天的留言他一直没有回复，许轻饰思考了片刻，还是给他发了微信：我报名参加了绘画协会的写生活动，要去衡山几天，明天的陪练暂时取消吧。抱歉。

说罢不再等对方的回复，直接跟着大部队上了车。

一大早就出发，坐大巴几个小时就到了衡山脚下。只见高山逶迤，仰头望去，不得不让人感叹自然界的鬼斧神工，更深觉人类的渺小。

看着眼前的风景，许轻饰顿时眼前一亮，将烦恼抛掷脑后，心情明朗了起来：果然生活不只眼前的苟且，还需要诗和远方。以后能有个小房子，面朝大海，春暖花开也是不错的。

同行的一共五个人，大家在山脚下讨论起上山的问题。有几个人平时喜欢运动，也经常参加越野活动，看着近在咫尺的高峰，有一种征服的欲望，他们想要自己一步步爬上去。然而也有人天生没有运动细胞只想轻松登顶。因此就分成了两支小分队，许轻饰只想看看风景，放松心情，故而选择了乘坐缆车上去，跟她一起的是小一级的学妹，要比许轻饰年龄小点。

两队人分开的时候，许轻饰叮嘱爬山的几个同学要注意安全，随时保持联系。那几个同学乐呵着答："没事，我们都是老手了，倒是让你们两个女生单独一起不太让人放心呢。"

"哈哈，别小瞧我们女生哦。"许轻饰回应。

"好，那就山顶会合吧，说不好我们比你们要先到呢。"登山的同学玩笑道。

"那你们就等着迎接我们两个了，准备好午餐。"许轻饰撇撇嘴。

相互招呼完大家就分头行动了。

坐上缆车的时候，许轻饰感觉自己眼皮一直在跳，自言自语道："奇怪了，跳个不停的，好事还是坏事？"说着用双手揉揉眼睛，终于感觉不再跳了。

随着缆车的移动，许轻饰和学妹一会就上升到半山腰的高度。大家正说话间，缆车突然咔的一声停了下来，两人惯性没收住，都跟跄了一下，然后赶紧看是怎么回事。

"怎么回事？缆车怎么不走了，不会掉下去吧？"学妹被吓到了，声音有些颤抖。

"呸呸，童言无忌，大风刮去！顶多也就出了个故障，没事的，估

计很快有工作人员来处理。"许轻饰也吓坏了，心跳得厉害，但还得假装镇定地安慰伙伴。

"好害怕。"学妹朝缆绳前后望了望，看见周围有几个缆车，但貌似都是空的，没看见里面有人，不由担忧道，"不会就咱俩被困在上面了吧，其他缆车里怎么没看见人呢？"

许轻饰也注意到了这个情况，有些慌乱，仍是有些安慰道："或许吧，不要着急，我这没有那几个同学的电话，你打给他们问问看知不知道是怎么回事。"

学妹赶紧拿出手机要打电话，但是下一秒呆住了，只听见她带着哭腔道："学姐，我手机没信号，联系不到别人啊。怎么办啊？"

许轻饰也颤抖着拿出手机，意外看见自己手机还有信号，不假思索地拨了一个号码，等了良久，最后只听到"暂时无人接听"的回应。不死心的她继续重拨，心中一遍遍喊着："接电话呀，林恶魔，快接呀……"拨到第六遍的时候，手机赫然没有了信号。许轻饰眼里噙着泪水，失望与绝望并行，不知哪个让人更痛一些。

"别怕。过来我这边。"许轻饰忍住恐惧，把学妹拉过来，两人相依着靠在一起。这样总能有点安全感。

学妹抱着许轻饰低声抽泣，许轻饰心里一直在想："林知逸，你这个浑蛋，平时差遣起来那么顺手，为什么关键时候又不接我电话？"

　　回想起林知逸这几天的态度，自己的心情变化，她心里一阵惆怅又是压抑不住地难过。大概她早已经喜欢上了林恶魔。不然怎么会第一时间想到他，会因为他声色判断他心情好坏，会因为他的冷淡而倍感折磨。但是又有什么意义呢，他只会戏弄自己，甚至于今天能不能回去还是未知数了。在这个紧急关头，许轻饰她突然想明白了许多事情。是呀，面对生死，还有什么能看不透的。

　　两人相互靠着不知道该怎么办，突然听到哪里有声音传来，窸窸窣窣的，许轻饰查看四周，发现缆车一个角上有扩音器，声音正是从里面发出来的。她把耳朵凑过去，终于能听清楚里面传出来的声音："乘客您好，很抱歉您乘坐的缆车出现故障，让您受惊了。我们工作人员正在紧急处理，请安心等待营救。"

　　两人似抓到一棵救命稻草，学妹赶忙对着对讲机哭喊道："快点来救我们啊，快来啊……"

　　然而扩音器里只是重复着刚才一样的话语。

　　学妹恐慌道："怎么回事，刚刚是我幻听吗？学姐！"

　　"别怕，估计是单向的扩音器。"愈是紧急关头，许轻饰反而愈加清晰地知道，此刻慌乱也无济于事，一个人恐慌，反而会让另一个也陷入这种情境。她用手抹去学妹脸上的泪珠，安慰道："没事的，你知道大难那啥，必有后福的对不？快别哭了，等下救生员来了，看到我们两

个哭成了熊猫眼，可就糗大了。"

学妹忍着眼泪，冲她点头。

两人相互依偎着，静待时间一分一秒流逝，而缆车依旧一动不动地停在高空。不知过了多久，天空中开始乌云集聚，遮住了日光，周围一下暗了下来。再过几分钟的工夫，硕大的雨点噼里啪啦地敲打在缆车的玻璃窗上，缆车都开始晃动。

学妹抓紧许轻饰，呜咽道："学姐，怎么办啊，雨好大，还是没有人来救我们。"

许轻饰漠然地自言自语："会有的，会有的……"她此刻的心里也是绝望的。

屋漏偏逢连夜雨，自己是惹着哪路神仙了，这几个月都这么倒霉。不可避免地，就想到了林知逸。好像自从认识他之后，自己的日子就没安静过。果然叶弋然是她的幸运星，而林知逸则是她怎么也避不开的恶魔。话虽如此，心里却也怎么恨不起来，反而有些遗憾。还能再见到吗？

所幸的是，雨来得快，去得也快，大雨只下了不到十分钟，接着一切都安静了下来。乌云在慢慢消散，山上的树木经过雨水的冲洗变得郁郁葱葱，颜色更加翠绿鲜艳，应该是个写生的好地方的，可是现在她们却毫无心情关心这美景。继缆车故障已经过去了三个多小时，手机依旧没有信号，救援人员依旧没有身影。

慢慢地，天空亮了起来，太阳重新露出了头，散发着温暖的光芒。这个时候，她们感觉到缆车动了，在慢慢下降。许轻饰的手脚有些麻木了，她转个身，靠着玻璃窗望向外面，发现缆车沿着缆绳在往下走。然后她激动地喊了起来："快看，我们要得救了，缆车在往下走了。"

学妹也看到了，激动地哭了起来："吓死我了，以为回不去了，以后再也不坐缆车了。"

"没事了，都过去了。"许轻饰拍拍她的肩膀以示安慰。

几分钟的工夫，她们就回到了地面，工作人员早已等在下面，开始安慰她们。

下来后，许轻饰发觉自己的腿都是软的，浑身一种虚飘的感觉，再也没了玩耍写生的心情，心里一直想的是要去问林知逸：为什么不接她电话？在这么生死危急的时刻，唯一想到的人是他，多么希望他能出现在自己面前。

学妹也是吓得够呛。因此两人跟同行其他同学打招呼后，就直接坐车返回学校。

两人在车上踏实地睡着了，醒来之后已经到站了。许轻饰下车后没有立即回宿舍，而是不自觉地走到了学生会办公室。等到了办公室门口，好像经历了怎样一场生死考验，长途跋涉，浑身上下沁出了汗。

　　然而，许轻饰看到的是林知逸和艺术社团的苏楠坐在一起，正在一起浏览平板电脑，时不时地说着什么。苏楠看向他的眼神，许轻饰此前不懂，现下却仿佛长了一双慧眼，深切地明白含着多少爱意。然而她不得不承认，苏楠与自己是截然不同的风格：美丽端方，娴静淑雅。林知逸也不似平日里冷冰冰的模样，眉目间带着一股暖意。两人看起来，登对得很。

　　许轻饰情窦初开，刚刚摸着自己那点小女儿的暗恋心思，就看到这一幕，心中一时痛极。她准备转身离开，却听到苏楠叫了她一声："许轻饰！"又冲林知逸调笑道，"你的小跟班找你来了。"

　　许轻饰僵在了那里。她这时才想起自己刚经历过那样的场景，蓬头垢面，形容狼狈，不由得深深后悔自己没有收拾就来了这里。

　　林知逸看了看她，又看看旅行包，口气有些冲地说："这是又去哪里玩了，现在才想起没来报到吗？"

　　许轻饰看着他，满腹话语，最后只道了声："没事，我先走了。"

　　"不多待会了啊。"苏楠给许轻饰一个善意的微笑，想要挽留她。

　　许轻饰挤出来一个笑脸回应，然后摇摇头，转身走了。

　　"啊？这是怎么了？"苏楠看着两人不太对劲，便问林知逸。

　　"先把策划案完成吧。"林知逸避开她的问题，苏楠只得无奈地摇摇头。

许轻饰走在回宿舍的路上，心情很是低落，并没有比下午困在缆车上有一丝的好受。她找来各种理由安慰自己：人家没有说过喜欢我，自己一厢情愿罢了。我们也只是不打不相识的关系，也不会再进一层了吧，人家也没有义务替我着急，安慰我了。可以安慰我的也只有叶弋然了吧。苏楠是真心喜欢林知逸的吧，很纯粹的喜欢，不像其他女生那般盲目，也很单纯，主要的是人家也很优秀啊，跟林知逸还是很般配的。

她停下脚步，像是下了很大的决定，拿出手机，给叶弋然发了条微信：我决定了，我要把漫画换成我和你的故事。林知逸，爱哪儿哪儿去。

之后她松了一口气，似乎放下了千斤重的负担，回到宿舍，倒头就睡。

林知逸这边跟苏楠讨论着策划案，不觉天就黑了，准备拿手机看下时间，摸遍了口袋才发现似乎没有带手机。

"怎么了，找什么呢？"苏楠看着他一顿翻找，不禁好奇。

"没什么，好像没带手机。"林知逸两手一摊，摇摇头。

"大才子也有记性不好的时候。"苏楠打趣他。

"人无完人嘛。天都黑了，食堂应该没饭了，一起吃点东西去吧。"林知逸收拾东西，准备离开。

"好哇，难得有机会跟大才子共进晚餐，倍感荣幸。Go。"苏楠表

现出极大的热情，一分钟收拾好了稿子背起了书包。

"呃，看来以后有机会得多犒劳你们了。别落下话柄。"

林知逸吃完饭回到宿舍已经晚上九点了，洗漱完毕后在书桌前坐下，一眼瞄见了遗忘在桌子上的手机，随手拿起来，看见五个未接来电，全是许轻饰打过来的。上面显示的时间是在她去找自己的前几个小时。林知逸回想起来那时她的脸色似乎很差，现在又看到给自己打了这么多电话，不知道是有什么重要的事。

许轻饰身心疲惫，躺在床上一下睡了三个小时才醒了过来，还是被饿醒的。醒来看着天已经全黑了，饥肠辘辘又感觉没力气起来，于是就这样黑着灯，躺在床上看着零星灯光照亮的天花板发呆。

枕边的手机突然亮了，伴随着震动。许轻饰无力地拿起手机，一看是林知逸，犹豫了片刻按下了接听键。

"下午给我打这么多电话，什么事？"话筒里传来林知逸似乎有些急促的声音。

"哦，没什么事了。"

"那是什么事？"林知逸感觉错过了什么。

"就是今天去了趟衡山，想给你带个礼物来着，又不知道你喜欢什么样的，就打电话问问你。不过现在没事了，就这样吧。"许轻饰胡乱编了个理由，尽量让自己表现得自然些。然后不待林知逸回答，就挂了电话。

虽然一开始接触，总是被许轻饰挂电话，但是经过前段时间的磨合，林知逸以为两人已经达到了高度默契。因此再次遭遇到一开始的遭遇，林知逸百思不得其解。他有心再打过去问个清楚，突然看见有几条微信消息，于是点开看了一下，然后拿着手机默默地发呆，最终没有再重新打过去。

挂断了电话的许轻饰并没有很轻松。她攥着手机，在关机键上划了几次，都没有下得去手。然而手机屏幕也并没有再亮起来，对方也没有再打过来，没来由地多了几分怒火："下午给你打那么多电话，你就不能多回几个吗？吝啬鬼！"

正想把手机扔一边去，却看见屏幕又亮了起来。打开却是叶弋然的微信，许轻饰心里难掩失落。

叶弋然：为什么？

什么为什么？许轻饰有些莫名其妙。

许轻饰回复：什么？

叶弋然：为什么漫画要换男主？

许轻饰反应过来叶弋然的话，干脆地回答道：哦，因为我喜欢暖男，不喜欢恶魔。

这条消息发出去后，等了好一会，叶弋然也没有再发来消息。

许轻饰：陪我聊会天啊？

许轻饰：今天很不开心。

许轻饰还指望着他能开导一下自己，结果也没了消息，心里不由得十分烦闷。所谓蓝颜，所谓暗恋，都是些不靠谱的，说掉线就掉线了。

这时，宿舍门咯吱一声开了，接着灯亮了。席思瑶看见躺在床上的许轻饰，一边走过去，一边惊讶道："轻轻，你在宿舍呢，怎么不开灯啊，我以为没人呢。"

"刚才在睡觉来着，开着灯睡不着。"

"很累吗，今天怎么这么早就睡了？"席思瑶有些奇怪。

"对啊，累坏了，差点就见不着你了。"许轻饰悲痛地说。

"什么？出什么事了，你没事吧？"席思瑶吓了一跳，担忧地看着完好无损的好友，用手轻轻覆在她的脑门上，"没发烧啊。"

许轻饰初时有些装委屈，现下却是真的觉得委屈到了，一时间有些哽咽。

席思瑶从未见过如此软弱的许轻饰，不由得着急道："到底怎么了轻轻，谁欺负你了吗？"

许轻饰缓冲了好大一会儿，情绪终于稳定下来，简单地把自己今天在衡山的遭遇告诉了席思瑶，当然省去了给林知逸打电话的细节。席思瑶听得目瞪口呆，一把抱住了许轻饰："还好你没事，轻轻。真要有点啥状况的我可怎么办。以后想去哪要带着我啊，我们可以一起面对。"

听到好友暖心的安慰，许轻饰心情终于有些好转："好，谢谢你瑶瑶。你不知道我当时有多害怕，以为回不来呢。"

"别瞎说了，这不好好的嘛。再说了，你是谁呀，我们的女神啊，老天爷怎么舍得！"

许轻饰被逗乐了："别打趣我了。"

"当时那么危险的情况，你怎么也不给我打个电话发个消息的。"

说到打电话，许轻饰脸上闪过一丝不自然，但是转瞬即逝，故作轻松道："想打来着，但是没有信号了。"

"也是，那么偏远，又在半空中的，还好他们的救急措施不错。"席思瑶明白似的点点头。

许轻饰纠结要不要跟思瑶说自己对林知逸的感觉，不说出来心里真是憋屈得慌。

安静了片刻，许轻饰继续道："其实，瑶瑶，在你之前，我先给林知逸打了电话。"

"啊？什么？"席思瑶震惊地望着她。

许轻饰强颜欢笑道："但是你懂的，我们从来就是奴隶主和奴隶的关系，除此之外并无私交。电话呢，他没接，五通电话哦，他一次都没

接。"

聪慧如席思瑶，早已从她的表情中猜出一切，却也知道许轻饰此刻的逞强，不愿直面，便装作开玩笑道："好呀，轻轻，你怎么也重色轻友呢，我都排在学长后面了。不过学长没接电话，估计是在忙着不方便接吧，又或许手机没电了。"

许轻饰"嗯"了声，继续说道："我当时很害怕，但是第一时间想起的人是他，我……"许轻饰正在寻找词汇来表达，席思瑶却先一步说道："你喜欢他了吧，是不是？"

许轻饰看看席思瑶没有否认，也没有说话。

"所以你才会这么在意他的一言一行。"

"应该吧，但是人家又不喜欢我。"

"嗯？你怎么知道呢？"

"这几天他都不爱理我，没个好脸色，今天回来我已经第一时间去找他，人家正美女作陪乐呵着呢。"许轻饰的话里带着浓浓的醋味。

席思瑶皱皱眉头，疑问道："什么美女？谁敢跟我们轻轻抢人。"

于是许轻饰又将自己回校后看到的那一幕告诉了席思瑶。

席思瑶听了，不禁莞尔："轻轻这怕是你想多了吧，人家一起也是工作而已。别给自己找不痛快的。"

"我没多想，我觉着他们俩挺配的。再说了，人家对我的态度很明确啊。"许轻饰摇摇头，尽管她更愿意相信思瑶的话，但还是摆脱不掉自己心里的想法。

"或许是有什么原因吧，你还是想太多了。"

"不想了，明天起来就没这人了，原本就是八竿子打不着的关系，以后再见就是路人。"聊了这么多，心里的话都说了出来，压在心口的石头也碎了，许轻饰完全放松了下来。

"天涯何处无芳草，轻轻。即便他们真的有什么也没关系的啊，你值得更好的。"

许轻饰终于轻松地笑了出来，然后听见肚子发出持续的咕咕声。席思瑶也听见了，两人默契地对视一笑。

许轻饰道："咱们去吃炸鸡啤酒吧，我好馋了呢。"

席思瑶赞同道："好啊，今天我就好好陪你一次，我来看看。"说着拿起手机开始点外卖。

"我要一份辣的炸鸡块，有烤串吗，我要吃烤腰子，还有，我要五听啤酒。"许轻饰兴奋地点着菜。

"好好，今天吃什么都陪你，包你吃饱也喝个够。"席思瑶笑道。

"哈哈，还是瑶瑶好。什么男神幸运星的，都走开点走开点！还是我们万能的'女神团'靠谱呢。"还没喝上酒，许轻饰就开始豪言壮语了，"对了，瑶瑶。虽然最近幸运星也时不时掉线，但是我还是准备把

漫画改成叶弋然了。"

席思瑶不问原因，认可地点头："你开心就好。"

两人拿着啤酒瓶碰了一下，你一声我一声地道："为了我们的友谊！"

"为了'小魔仙业务'！"

"为了赚钱大计！"

"Cheers！"

不管前路怎样艰辛，不管要经历怎样的磨难与挫折，只要怀揣梦想，目标坚定且唯一，那么现在经历的这些又算什么呢？

CHAPTER
07

第七章
PLEASE,
你现在不就是我的……小跟班吗 MY SENIOR

衡山之行，让许轻饰清晰地看到了自己的心意。可惜历时太过短暂。那情窦颤颤巍巍地，初初露了小芽，便遭遇现实无情打脸，不由得很是沉闷了几天，心情也抑郁了几分。

不过幸好她并非娇娇弱弱的性格，遇到情伤后自怨自艾，在一棵树上吊死。自我调整完毕后，她满血复活，不仅全身心投入到自己的"小魔仙"业务，提升了业务量，就连性格都变暖了。漫画里原本淡淡的忧伤没有了，取而代之的沁入心脾的温暖，再加上男主换了人，许轻饰的粉丝数量级上了一个新台阶。大家虽然为站错CP争执了起来，但是总体上还是为女主摆脱前恶魔毒手，遇到男神而欢呼不已：

"楼主复活了！"

"剧情反转，终于不再虐心了。"

"女神团长霸气，直接劈了恶魔！"

"哇哦！楼主又恋爱了？"

"啊，我也超级喜欢暖男呢。"

"我只想说，楼主，这样的暖男请给我来一打好吗？"

⋯⋯

正在上课的白宇津津有味地看着上百条的留言及评论，像发现新大陆似的，把手机拿到林知逸面前，低声道："太火爆了，快看看！"

林知逸正专心听着老师讲课，心想不好好听课看什么八卦消息，于是头也没动地回他一句："没兴趣，自己看。"

"确定吗？知名女漫画家哦。"白宇诱惑道。

这招还真管用，听到女漫画家，林知逸立马想到了许轻饰，然后好奇地低头去看手机，从屏幕顶端一直向下滑，认真地看了起来。不可否认的是，创作者的画工有了突飞猛进的进步，故事内容也愈发有趣了起来。然而当林知逸看到大家居然都在为新换的男主点赞时，脸色一下变得难看。

他一直没想通许轻饰为什么要换了男主。最近不是越来越默契，也比之前融洽了许多吗？许轻饰为什么要这么突兀地换男主？

白宇震惊地看着林知逸一条条翻看留言，几次想要拿回手机，又被拒绝，有些难以置信地说道："难得啊，林大才子有耐心看漫画也就罢了，什么时候居然这么有耐心浏览起评论了？"

林知逸没理他，握着手机的手嘎吱一声脆响，一旁的白宇听见了，看见他的手青筋突起，于是立马伸出手去夺手机："天啊，我的手机，刚没用几天，就在你这遭到蹂躏。"

"恶魔？哪是那么容易被劈了。"林知逸露出一个邪恶的微笑。

一旁的白宇瞄见了他的神情变化，不禁打了个冷战："我的哥，别真是恶魔附体了……难怪那么讨人不喜欢……"

林知逸瞪他一眼，呵呵一笑道："你哪一边的？"

白宇坐正身子，满身正气地说："我属粉丝团的，支持广大粉丝的意见。"

"看你这样，我也放心了。看来情伤恢复得还挺快。"林知逸冷冷道。

听着这话，白宇愤愤地看着林知逸，咒骂道："打人不打脸，揭人不揭短！有你这样揭人伤疤的吗？还兄弟呢！"

"兄弟……刚才你怎么不说兄弟了。"林知逸白他一眼，不再理他，只默默出了神。

无辜遭遇口舌之争，且败下阵来的白宇深知自己差了林知逸不是一节半截，便很快地想开了，又投入到漫画中去，借此平复下自己受伤的心灵。

这厢，席思瑶刷着不见底的留言，掩饰不住地兴奋："哇哇哇，轻轻，你这次的冒险真是太值得了，看看这些粉丝，啧啧，你这名号不知都传哪里去了。"

"哈哈，是吗？我来看看。看来我是大难不死必有后福啊。好期待小宇宙爆发的下一阶段！"许轻饰说着凑过头来盯着席思瑶的手机屏幕，大言不惭地说道。

"必然的！轻轻你离成名不远了，我要赶紧预订抱大腿。"席思瑶抬起双手就要来抱许轻饰。许轻饰任由她抱着自己的腰，拍着胸脯道："放心，我的大腿一直都属于你的。"

"那就说好了啊，别见了什么美色又把我给忘了。"席思瑶撒娇。

"以后都不会了的，什么美色？在我这里全是浮云。"许轻饰脸色有些微红，向席思瑶保证道。

"话说回来啊，看来你换男主的决定是正确的，引起了大家的共鸣，圈了一大批粉丝。"席思瑶点点头，分析道。

"说实话呢，这一点倒是超出了我的预期，本来没想那么多的，只是想单纯地换个角色，没想到引起这么大的反响。"

"那这说明什么呢？"席思瑶反问。

许轻饰托着下巴思考了片刻，回答道："大家都是喜欢美好的事物吧，譬如喜欢暖男，而不是恶魔吧。"

"哇哦，可以加到咱们的营销策略了：迎合大众需求。"席思瑶心思一动。

"哈哈，瑶瑶，你越来越有商业头脑了。"

"天天跟着耳濡目染的，即使不学也抓个三分的。"席思瑶自豪道。

  "看来被大神带得不赖啊，这要给我培养出一个CMO（首席营销官）来了。"许轻饰思量道。

  "我争取吧……"席思瑶努力地点点头，"早日实现咱们的致富大计。"

  两人正兴奋着呢，许轻饰的手机响了，拿起一看显示着"恶魔"两字，她整个人都不好，嘟哝道："阴魂不散的恶魔又来了，不想接啊，瑶瑶，要不你来。"

  席思瑶耸耸肩，表示无能为力，说道："该来的总要来，这个我帮不了你啊。"

  "豁出去了，反正就是路人，我还怕他啥的。"许轻饰皱皱眉，按下了接听键。但在同一时间电话挂断了，只听见"嘟嘟"的忙音。

  "没耐心的家伙……"许轻饰怨气满满，"挂了正好，我还省心了呢，懒得看你的黑脸。"

  席思瑶看看只得摇摇头，叹口气，心想这对冤家什么时候能有个头，同时又有些无奈地提醒许轻饰道："轻轻，你那赌约快到期了哦。"

  听到赌约，许轻饰立马蔫了下来，叹息道："这是本团长至今为止犯的最大的一个错误。本来都快到期了……可是现在一点都不想见到他，每一分钟都感觉是煎熬了。"

  "那些不愉快的么，别想那么多，从头开始，就当路人甲好了。"

席思瑶给她出主意。

"嗯嗯，我知道的。"许轻饰深呼吸一口。

这个时候，林知逸的电话又打了过来，两人对视一眼，许轻饰心里喊着"静心"，然后接了电话。

"为什么不接我电话？"电话里传来林知逸沉闷的声音。

"我接了啊，只不过你已经挂断了。"许轻饰不带任何感情色彩地说道，心里却嘀咕着：明明是你没耐心，还来质问我，老娘不是好欺负的。

对方沉默了片刻，用不容置疑的口气继续说："出来执行任务。"

"事件，地点，人物，请描述清楚。"

"长进了啊，知道三思而后行了"

"谢谢夸奖。"忽略掉话里讥讽的味道，许轻饰只当对方真心实意地夸奖，毫不客气地照单全收，然后继续道，"请描述任务属性，本团长的时间有限。"

"购物，北门，你和我。OK？"

购物？

这是什么新玩法，许轻饰摸不着头脑，只回一声"收到"，然后挂断了电话。

"让我陪着购物，瑶瑶，你说他这是什么新花招啊？"许轻饰对这个任务有些莫名其妙。

"呃，小跟班吧，或许要买衣服啥的，让你提购物袋的。"席思瑶猜测。

"会这么简单吗？"许轻饰不太相信。

"怎么简单了……哪里有让女生拎包的？"席思瑶头疼道。

"这样的话，那就还好了。不过林恶魔是真的傻了吗？以为这样就能羞辱我啊？"许轻饰晃晃脑袋道。

席思瑶有些恨铁不成钢，却又知道不能在这时给她添堵，只是道："嗯嗯，兵来将挡水来土掩，轻轻你没事的！"

许轻饰点头道："就是，哪怕真是恶魔诡计，老娘我也有对策，这么多年不是白混的。"

"相信你哦，轻轻。"席思瑶给许轻饰一个大大的拥抱。

"爱你。"许轻饰热烈回应。既然做了决定了，她就不再多做纠结，拿起包就昂首阔步地出去了，嘴里还愉快地说着小调，"他大舅他二舅都是他舅……"

不过几分钟的时间，许轻饰到了北门，但愣是没看见林知逸的身影。

"这家伙，居然还让我等，一点绅士风度没有。"许轻饰自言自语道，她紧紧盯着表，决定最多等三分钟。

这个点刚好是下课时间，人流量还挺多。许轻饰看着一拨拨的同学过来过去，就是没有林恶魔的影子。但是等得越久，心里越有些紧张，只得自己心里默默念叨：路人甲，路人乙。

走神间，林知逸出现在了她面前，并且很难得的笑容满面。许轻饰看得发呆，心想不对啊，林恶魔今天居然笑了，难道真的又是个大陷阱？

两人就这样在校门口站着，兼之容貌出众，路过的同学纷纷投来注目礼，尽管"学霸的学渣女友"故事已经传遍了学校，但目睹两人如此高调的亮相还是少见的。

周围的嘈杂声让许轻饰猛然回神，看了看周围的状况，心里咯噔一下，自己怎么犯花痴了，说好的路人甲呢。这么想着，她清清嗓子，冷冰冰道："带路吧，去哪里？"

"跟我走就对了。"林知逸心中有些不舒坦，却也只是点点头，一边说一边拉起她胳膊走向一辆出租车。

许轻饰挣脱他的手，不悦道："注意形象。"

林知逸很是意外道："你最近是遭遇了什么不好的事情吗？"

"遇到你，还有什么更不好的事情吗？"许轻饰哼了一声。

林知逸默默，没有再多说什么，只径直走到车门前很绅士地给她打开车门。许轻饰不犹豫地坐了靠边的位置，林知逸示意她往里坐，然而她却一动不动地说："你坐前面。"

林知逸僵持了一会儿，听到司机师傅催促快点，也只得到前面坐了副驾驶。一路上两人无言，各怀心思。

　　许轻饰想的是，今天的恶魔太不正常了，又是微笑，又是开车门的，跟之前的作风差了十万八千里，这么殷勤的表现，暗地里到底藏了什么阴谋，也没有带什么美女的，倒是让她暂时松了口气。

　　林知逸透过后视镜，看着沉思的许轻饰，看不透她在想什么。今天的她，给人一种明显的陌生感，不像以前那样大大咧咧，有什么说什么，从不委屈自己。但现在的她，仿佛隐藏了自己的心思，只是在行尸走肉般地对付他。林知逸很不喜欢她这样的变化，之前哪怕是闹，那也是闹得痛快，心情是畅快的，可是现在却有些无从下手，琢磨不透。

　　沉默间，出租车就到了目的地，许轻饰向外瞄了一眼，看着马路边就是大悦城，心想这人是来拉仇恨的嘛。

　　两人下了车，林知逸想拉着她一起，但是想起她刚才的抗议只得自己走在前面，许轻饰默默地跟在后面。没有了许轻饰叽叽喳喳的声音，林知逸觉得有些不适应。他打定了主意，一路带着人上了二楼，来到一家香水的专柜。

　　许轻饰平时不太用这些东西，也没有太多关注过这一类的广告什么的，她的意识里只有那些职场成功人士才需要这些东西。心里不禁有些愤愤不平地想：哼，大尾巴狼，这是又要去勾搭哪个妹子呢！

　　正在畅想间，林知逸跟专柜的美女要了几款试用品，拿到许轻饰面前，问道："试试看这个味道怎么样？"

　　许轻饰的思绪被拉回来，拒绝道："不试，我又不用这些的。"

"想多了吧，谁要给你用了，只是让你帮忙试试。"林知逸不禁调侃道。

许轻饰顿时红了脸，立马反驳道："凭什么帮你忙，又不给小费！"

"财迷本色。"林知逸感叹道，"好了，给你，要送一个重要的朋友呢。"

重要的女朋友吧……

许轻饰心里想着，继续反驳道："那更不合适了，每个人喜好都不同。"

"跟你性格相似，喜好应该也差不多。"林知逸解释。

"拿我当试验品？没门！"许轻饰拒绝到底，"No！"

"别忘了自己的职责！"林知逸提醒道。

"职责？很好，我是卖力不卖身，这不在我的职责范围。"许轻饰不卑不亢地反抗。

导购员被他们的对话逗乐了，劝许轻饰道："这位小姐……"

"我不是小姐！"许轻饰有些恼怒，对无关的人也敏感地发火。

对方尴尬地笑道："这位美女，你男朋友很有眼光哦，这款很适合你。"

许轻饰瞅了香水一眼，脸色有些微红，不由得纠正道："他不是我男朋友。"

林知逸看着她，神色莫辨。

许轻饰率先在这僵持中败下阵来，到底还是有些心动了，不由得仔细打量那精致的玻璃瓶子。样子做得很漂亮，淡粉的颜色，金黄色的瓶盖，散发出一股清新甜美的味道，让人感觉很舒服。在手里把玩了一分钟，许轻饰终于有些心虚地开口道："好，那就试试吧。"

林知逸有些好笑地看她，不再说什么。

见两人终于和解，导购员见机实时地拿出两张试香纸，轻轻一按瓶上的活塞，便闻到一股淡淡的清香弥漫开来，她拿着纸条在空中晃动几下，接着递给了许轻饰和林知逸。

许轻饰把纸条放在鼻子前嗅着那淡淡的香味，很是沉醉，甜甜的，有一种恋爱的味道。

林知逸见她少有的可爱少女模样，不由得一时心动，在自己都没有注意到的情况下，微微勾起了唇角："味道如何？"

许轻饰点点头，赞叹道："好香啊，勾起了我的馋虫，想吃蛋糕了。"

导购员扑哧一声笑了，林知逸则忍俊不禁道："果然是吃货，什么都能想到吃。"

许轻饰瞥了他一眼，反驳道："吃乃人之根本，不吃我能长这么大吗？再说了我吃自己的，跟你有一毛钱关系吗？"

"谢谢，再帮我选一款适合我的。"无视又要吵起来的话题，林知逸对导购员说道。

"先生，这几款应该都挺适合你的。"美女忍住笑意，拿出了几款，一一给许轻饰试闻了一遍。

"味道都不错，就是配你浪费了。"许轻饰找茬道。

"那这几款都要吗？"美女看着林知逸笑得一脸开心，怂恿道。

林知逸刚刚一直盯着许轻饰，看她在其中两款上瞄了许久，看看价格又伸伸舌头，于是指着那两款，微笑着对服务员说："要这两款吧，装一下吧，谢谢！"

导购员开心极了，心想今天真是碰到个爽快的金主，赶忙去拿产品包装。

"等一下！"许轻饰叫住了对方，指着第一款道，"不行，这款是我要的。"

"那是我买来送给朋友的，你怎么……"林知逸问道。

"不管，我就是要了。"许轻饰堵着一股气，坚决地说道，大有不给就吵一架的架势。

林知逸无奈地点头道："好吧，那我就只要另外一款。"

"随意！"许轻饰冷冷说道，然后又对导购员说，"我的那个要包装好点哦。"

"好的，放心。"导购员点头答道，接着给他们开了收款单，拿给了林知逸。

"我的呢？"许轻饰急着问。

"不是一起的吗？"导购员疑问道。

"不能啊，自己买自己的。"许轻饰去抢林知逸手里的单子，"重新开一个吧。"

林知逸把手举得老高，就是不给她。

"给我，我买东西跟你有什么关系！"许轻饰着急道。

偏林知逸死活不给，一时间闹起来，像是许轻饰要扑进她的怀里。跳了几次也没够着，许轻饰气急败坏瞪了林知逸一会，回头对导购员说："我那款再重新帮我拿一个吧。"

导购员看看林知逸，见他只是黑着脸不说话，便又帮许轻饰新装了一份。

许轻饰结了账，拿起东西独自往扶梯走去，直接无视林知逸的黑脸。

"站住！"林知逸在后面喊道。

许轻饰真的停下了脚步，转身问道："干吗？"

"别忘了你今天是来做任务的。"林知逸不悦道。

"谢谢提醒，我知道是在做任务，我也一直在做任务。"许轻饰跟他保持着一段距离，静静地说道。

"拿着，这是基本职责。"林知逸把手里的手提袋提到她面前。

许轻饰接过他手里的袋子，并未拒绝或是其他表情，心里却暗自讽刺了一番：果然是拉着我来做免费劳动力的。只是这么点东西都要别人拿，真是懒到家了。

林知逸满意地点点头，接着说："走吧，看电影去。"

许轻饰感觉自己下一秒就要石化了，又担心自己听错了。

可是看电影为什么不找苏楠？她冷冷地拒绝道："不、去！"

林知逸停住脚步，提醒她："刚说的任务就不承认了？"

"喊，说得好听，我看你就是握着我的小辫子为所欲为。"许轻饰不屑道。

"随你怎么想。不过别忘了，你现在是属于我的，恐怕由不得你。"林知逸无比神气地说道。

难怪前辈们都说，自己欠下的债，跪着也要还完。现在遭遇的这一切，都是自己此前脑子进的水。只是可惜了我浪费这许多时间，可惜了我的致富大计。许轻饰默默道，算了，老娘忍了。不就是非暴力不合作吗？

她亦步亦趋地跟着林知逸，看到对方直接去自助取票，才反应过来。应该是林恶魔早有预定，一切都谋划好的，也不知道是不是跟苏楠约好了，却又被人放了鸽子。她心中酸涩，直觉胀痛难忍，于是便不再盯着对方的背影看，而是跑去买了爆米花和鲜榨果汁——这可是看电影的标配。

林知逸取完票过来的时候，看见她手里的东西，点点头道："要开

始了，进去吧。"许轻饰抱紧爆米花瞥他一眼，走进了放映厅。

待得电影正式开始时，许轻饰看着电影，一边吃着爆米花，一副享受人生的姿态。林知逸每过几分钟就扭头看看她，伸手去抓爆米花。没曾想许轻饰赶忙把爆米花转移到另一边，警告林知逸道："这是我的，请拿开你的爪子！"

"你现在不就是我的……小跟班吗？"林知逸诱惑到。

"滚！臭不要脸的。"许轻饰没见过这么不要脸的，愤愤道。

"难道不是吗？"

"是你个大恶魔！这是我用血汗钱买的。你断了我的赚钱路子不成，还想分享成果，真是不害臊。"

"路子？不知道的还以为你那是什么黄金大道呢。"

许轻饰被激怒了，大声喊道："你可以针对我，但你不能否认我们'女神团'的努力。"她的大嗓门招来周围观众的注视，还有不悦的责备声。

林知逸拉她坐下，谁知她把爆米花抛向林知逸："你不是要吃吗，给你，吃个够！"一时间下起了爆米花雨，浓浓的香味四散开来。林知逸呆呆站在那里，不知道又是哪里戳到了对方痛点。他今天是有心和解，没想到事与愿违，还沦落到这样的情境里。

见到许轻饰抛开，林知逸有意追出去，却又无法直视她扔下的这一堆乱摊子，只得盯着观众的责怪和鄙视，纠结了一会儿，跑出去对门口的服务员说明情况，一再道歉并再三打了包票："我送她回去后会回来处理的。"

服务员倒是和善："去吧。小年轻，难免脾气暴躁，不过下次真不能这样做，主要影响他人观影效果。"

林知逸一路疯跑出去，却发现早已路边早已没了人影。待问过门口保安，才知道她早已上了出租车。只得给席思瑶发了短信，叮嘱她帮忙盯梢，报个安全，便又返回影院，等待观影结束后协助打扫。

许轻饰悻悻地回到宿舍，"哗啦"一声把东西扔到了桌子上，然后倒在床上伸展个大字。她心知林知逸并未做什么过分的事情，只是她情难自己。虽然明知自己是单方面暗恋，却在一起时难免忍不住吃醋，又怪对方无情，自己无辜。

正走神间，手机响了起来，许轻饰下意识想到林知逸，便懒得理。然而铃声却一个劲响个不停，在安静的宿舍显得很是突兀。她皱着眉头拿起手机发现是个陌生号，有些疑问地按了接听键。几乎是在下一秒，许轻饰就忽地坐了起来，一下来了精神。原来是新业务来了，晚上陪几个外校男生打桌球，并且待遇丰厚。跟谁过不去，也不能跟银子过不去啊。她爽快地应下，与对方约好了时间。

"小魔仙万岁！"许轻饰欢呼着，起身换了套衣服，踏着欢快的步子出去了。

来到约定地点，几个男生已经在等着。对方看见许轻饰，顿时眼前一亮。其中一个感叹："果然百闻不如一见，不愧是'女神团'团长。"另外一个应和道："似乎比传说中更有女人味，这一单任务很值啊。"

临出门时，许轻饰换了一身桃红色的运动服。她身材比例十分的好，即便是穿着运动服，也隐约可见女性的美。因为皮肤白嫩，桃红色的衣服迎着灯光打在脸上，愈发显得她白里透红。

几个男生殷勤地跟许轻饰寒暄一番，然后开始打球。许轻饰一向大大咧咧，跟他们天南海北地扯着，气氛还算融洽。

过了一会，有人提议只打球有些乏味，不如来点啤酒助兴。众人纷纷赞同。于是一伙人一边喝着酒，一边打着球。许轻饰明说了不喝酒，刚开始也没人勉强。

半巡过后，一眼镜男拿着酒瓶走到许轻饰身边，问她："美女有男朋友吗？"

许轻饰心里闪过林知逸的影子，不由得低落了几分。不过她很好地掩饰了过去，摇摇头道："没有。"

"是美女要求太高了吧？你这样的大美女，怎么会没有人追？"眼镜男打趣道。

"哈，你说对了，还真没有。"

"哈哈，那是他们瞎了眼。"

许轻饰欣然点点头，心里默念道：林恶魔，你确实眼瞎。

"来，喝酒。"男生把酒瓶递给许轻饰。

许轻饰皱皱眉头，瑶瑶头，说："我不喝酒。"

"那哪行呢，一起喝才痛快。"

许轻饰不悦道："我是来陪打球的，不是来陪你们喝酒的。"

"哈哈，妹子别生气嘛，喝点酒才开心。你喝了，费用我们可以加倍。"听到酬金加倍，许轻饰顿时眼前一亮。又想到今天跟恶魔的郁闷小情绪，觉得自己很是需要释放一下。于是痛快地拿过眼镜男手里的酒瓶，咕噜咕噜地灌了两口。

众人鼓掌称好，眼镜男满脸的笑意，过来揽住许轻饰的纤纤细腰，对着她道："这才对嘛，出来玩，就是要开心。"

许轻饰感受着迎面而来的浓浓酒气，恶心得想吐，一把推开眼镜男，掷地有声地说道："请自重！"

众人哈哈大笑，另一男生道："小妹别这么紧张啊。看你这么娇嫩，哥哥们可不忍心让你生气……"说着，男生从后面过来，拿起她的小手，摩挲着，"瞧这小手嫩的，怎么忍心让你出来打球。"

许轻饰恶心地甩开那人，怒火中烧，努力镇定下，警告道："打球就是打球，别动手动脚的。"

"打球也很多方式嘛，哥哥来教你。"眼镜男过来，

许轻饰连忙往后退，谨慎道："离我远点，我不想学。"

"那怎么能行，既然是来陪我们的，就要让我们玩得尽兴嘛。"眼镜男还是走了过来。

许轻饰心里突突地跳着，感觉到气氛越来越糟糕，立即说道："今天就到这吧，时间差不多了，我该走了。"

几个男生看见许轻饰要走，立马围了过来。为首的眼镜男一脸色胚的样子，说道："宝贝别那么着急啊，陪哥几个多玩会，不就是挣钱嘛，不会亏待你的。"

看着他们围在自己身旁，挡住了去路，许轻饰心里害怕极了，大喊道："这钱老娘我不挣了，让开，我要出去。"

一男生哈哈笑了："妹子性子还挺烈，哥哥我喜欢。"

许轻饰手足无措，不知该如何是好，突然想到了法子：报警。于是伸手去口袋拿手机，却找了半天口袋里空空如也。心里不禁咯噔一声，完了，手机呢？

眼镜男看她的样子楚楚可怜，靠过去也去摸她的口袋，虽然隔着一层布，许轻饰还是感觉到他的手紧紧贴着自己的大腿，顿时恼羞成怒，红着脸狠狠地推开他，大骂道："无耻！马上让我出去，不然回头去你们学校投诉。"

"呦，我好害怕哦。"一个男生故作可怜地说道。

"有妹子陪我们玩，开除也值了。"另一个男生无所谓地说道。

"好了，大家别破坏气氛嘛，别吓着妹子……"眼镜男说，"宝贝，来，陪哥玩个二人世界。"说着就拉起许轻饰胳膊往后走。

"放开，不要。"许轻饰另一只手拉着球桌，眼泪控制不住地掉了出来，心里默默喊道：林知逸，快来救我。

许轻饰又是踹又是抓挠，一时间很是混乱。只是对方人多势众，没多久她便被人摸了几次。正在她心生绝望时，突然间只听"哼"的一声响，眼镜男松了手，几人也散了开去，许轻饰倚着桌角佯装强势，乍一抬头便对上了林知逸因愤怒而显得略有些狰狞的脸。她一时间心中百感交集，眼圈发红。

"轻轻，没事吧。"紧跟在后面的席思瑶窜过几个人，飞快地跑到她身边，抓住她的手，查看许轻饰有没有受伤。

许轻饰竭力忍住哭意，抱住了席思瑶，一时间说不出话来。

"浑蛋，也不看看你们欺负的是谁。"身后的白宇愤怒地说道，对着地上昏迷的眼镜男踢了几脚。

其他几个男生一看来人那冷峻的架势，知道不是好惹的，准备事不关己一溜烟地往外跑。林知逸抓住跑得最慢的一个，狠狠地给了那人一拳，低声吼道："还想跑！待我把你们送回N大，找你们校长理论。"

那个男生嘴角淌着血，如实道："大哥手下留情，我们并不是N大的，只是常年在这附近走动，无意中听说了T大的'女神团'，这才下了个单。"

林知逸一听居然是小混混，二话不说又给了那人两拳。

　　许轻饰完全被吓坏了，听得这帮人居然是冒充大学生的，不禁半身冷汗，抓着瑶瑶的手有些发抖。席思瑶敏锐地察觉，低声安抚道："没关系了，我们来了，瑶瑶你没事了。"

　　危险解除了，许轻饰也松了口气，才想起来问席思瑶他们是怎么过来的。席思瑶才如实地说出了情况。

　　原来林知逸回学校后，给许轻饰打电话，但一直无人接听。林知逸心知倚着许轻饰的性格，再怎么生气也不至于不接电话。于是让白宇联系看席思瑶有没跟许轻饰在一起。白宇一万个不情愿，自从上次被拒后，就没有再跟席思瑶联系了。但到底抵不住林知逸的淫威，给席思瑶打了电话。席思瑶很意外接到白宇电话，待白宇说明情况后，席思瑶才告诉白宇，许轻饰晚上接了任务陪别人打桌球。

　　白宇将情况讲给了林知逸，并调侃道："瞎操心什么，人家在忙事业呢。"

　　林知逸听完，心里却打烂了醋坛子：大晚上的，还陪男生打球，还是一群……不过这种情况，又不至于不接电话啊？他又拨了一遍许轻饰的手机，这次手机很快接通了，但里面传来席思瑶的声音。

　　"怎么是你？"林知逸疑问道。

　　"轻轻忘带手机了，我刚进宿舍看见你打过来，怕你着急就接了。"席思瑶解释道。

　　"什么，没带手机？"林知逸提高声音，"她现在还没回来？"

"对，给我留言说是晚场，估计要晚些回来吧。"席思瑶说。

"不对，你知道她在哪个地方是吗？"林知逸声音有些急切。

"知道。"席思瑶心说这是要干吗。

"好，那你也出来一下吧，我们去找她，你带路。"林知逸用命令的口吻道。

"啊，我们去干吗？"席思瑶有些摸不着头脑。

"她可能有危险，我们快点吧。"

席思瑶听了吓了一跳，不再细问，"嗯"了一声就往外跑。

当席思瑶三人来到桌球厅，刚好看见许轻饰被眼镜男拉着要往后面去，顿时吓破了胆。

还好都来得及。

几个人走到了学校门口，林知逸提议到奶茶店平静一下。许轻饰对林知逸的突然出现感激万分，也就没有反对。

待四人坐停下来，席思瑶看看许轻饰瑟瑟发抖的样子，很是心疼，握着她的手说："轻轻，要不我们取消'小魔仙'业务吧。"

许轻饰摇摇头，坚决地说道："不行，不能取消。"

"可是你看今天也太危险了，如果我们晚到一会，还不知道会怎么样了。"席思瑶劝解道。

"没事，今天的事只不过是一场意外，你看我们之前那么多单子都没事的。"许轻饰始终怀着一丝侥幸心理。

　　"什么意外，以后不准再做这些不靠谱的生意。"林知逸突然愤怒地朝许轻饰大吼道，手指握得咯吱响。

　　"凭什么吼我，跟你有什么关系？"许轻饰抗议道。

　　"你是我的！吼的可不就是你？你看你做的什么乱七八糟的生意，每天都在跟什么人打交道？小混混来了，你还没脑子地自己送上门去，就你这智商估计被人卖了还要替人数钱吧？"

　　白宇有些诧异地看着林知逸，有些说不出话——他从未见过如此愤怒的林知逸，不，那愤怒中带着许多后怕。

　　什么叫是你的人？

　　许轻饰心中嘀咕道，却自知这次有些理亏，一时竟找不到合适的词语。

　　林知逸见她不讲，面上却一副不以为然的样子，不由得愈加生气，口不择言地道："怎么，不说话了，被我说中了是吧？你照镜子看看你现在什么样子，每天就知道钱钱钱，满身铜臭味。别忘了你还是学生，天天就知道做些下三烂的勾当，有点学生样子吗？作为一个学生连文化课都逃，你怎么没算算一节课得多少钱，对得起你父母的血汗钱吗？"

　　"你是我什么人？凭什么要你管！"林知逸的话音刚落，许轻饰活似炸了毛的猫，一下子就怒了起来，狠狠撂下这句话，跑了出去。

第八章

PLEASE,

万千深情只为一人 MY SENIOR

"轻轻！"席思瑶喊了她一声，却见对方跑得愈加快了。她心里又为好友不平，于是又退回到座位上。

"你乱说什么话，你有什么资格这么说她。"席思瑶第一次对林知逸这样大声说话。

林知逸仍然一副愤怒的脸色，低声反问："难道不是吗？"

"哼！你今天救了轻轻，我们本该感激你的。可你刚才的话也太过分了，什么事都不能只看表面，你对轻轻了解多少，就下这样的断论？"席思瑶说道。

林知逸脸色变了变，抬起头，换上了一副不明所以的表情。

"轻轻很可怜的。她从小就在绘画上很有天赋，要不是……她绝对是美院的好苗子。"席思瑶可惜道。

林知逸愣住了。白宇率先疑问道："要不是什么？为什么最后来了T大呢？"

席思瑶叹口气，继续说道："这要从轻轻小时候说起了，她从小患有阅读障碍症，去好多地方看过，但是都不见好。"

"阅读障碍症？那是什么病？"林知逸第一次听到这个，不明白那到底是什么样的症状，她看起来很正常啊。

"就是不能像正常人一样阅读，看见文字就头疼。很大程度上来说，阅读障碍跟抑郁症很类似，会让人产生深深的自卑感。"席思瑶回答道。

"这么严重？"白宇一副不可置信的表情，一旁的林知逸也是呆了眼。

"是啊。轻轻也是克服了好久，才慢慢调整过来。所以一直以来她的文化课成绩在拖后腿，最后降低标准进了T大。学校了解情况后也破例放宽了她的文化课成绩，老师们也不强迫她上文化课。虽然她不去上文化课，但她自己私下还是努力在克服了，有时间还是会温习功课，不懂的地方还找我来问，她在尽自己的努力赶上大家的步伐。"

林知逸听了心里很不是滋味，没想到那样活泼的许轻饰居然患有这样的病症，还好她的性格能看得开，不然该是什么样子了。

"好可怜啊！看她每天活蹦乱跳的真是一点看不出来。"白宇同情道。

"嗯，说到这点，我蛮佩服轻轻的，不仅自己努力，还帮助其他患有阅读障碍的孩子。不上课的时候，她就去摆地摊赚钱，后来又成立'小魔仙业务'，然后将挣的钱攒起来，定期去资助患有阅读障碍的孩

子的机构，跟小朋友们一起玩耍。她做的这一切不全是为了自己。"席思瑶感慨道。

"对不起，我不知道。"听完席思瑶的话，林知逸已经完全懵了。看看他，在不知情的情况下对许轻饰做了什么？刚刚又说了那么重的话！林知逸不由得泄气地想，要是自己是许轻饰，还有可能原谅对方吗？

席思瑶和白宇面面相觑，心说也是难得，能让大才子说声"对不起"。席思瑶心里也是放下了，对林知逸道："你有口无心，我自然是理解的，也直到你是为了轻轻好。只可惜……你这次真的伤到她了。我建议你最近都不要出现在她面前的好。"

林知逸点点头："不管怎样，还是帮我传达下我的歉意吧。"

席思瑶点点头，然后想起什么似的，又问林知逸："你为什么知道轻轻今晚会有危险？"

林知逸愣了一下，没想到她问起这个，便答道："第六感吧。"

席思瑶一副不可思议的表情，反问道："我听说女人第六感，可没听说……"

林知逸笑了笑，有些无奈地说道："就是心底的一种感觉，说不太清。"

"男女朋友才有心灵感应呢。说说吧，你们这都已经到哪一步了？"一旁的白宇不怀好意地问。

　　林知逸听到"男女朋友"，心里不由得升起一股奇怪的感觉，瞥一眼白宇，没有说话。

　　"前些天轻轻去衡山给你打电话为什么不接？"席思瑶似乎察觉到了什么，不由得问道。

　　林知逸不明所以地道："是，我当时没有接到，后来给她回复，她也没说什么。怎么了？"

　　"你知道轻轻都经历了什么吗？她给你打那么多电话你都没接，那天你怎么就没感觉到危险呢？"席思瑶慢慢地把原委道了出来。

　　林知逸心里说不清什么滋味。

　　她经历了什么？

　　发生了什么事？

　　这些天来困扰他的难题仿佛清晰了，他迫不及待地问道："怎么回事？"

　　席思瑶将那天许轻饰衡山遇险的事完整地告诉了林知逸。林知逸和白宇听完又是一阵咂舌。

　　"我的天啊，真是什么事都让许轻饰碰上了，她的人生好像就是在不停地冒险，这以后说不好还遇上啥灾难的。"白宇惊呼道。

　　林知逸白他一眼，没好气地说："闭上你的嘴，狗嘴里吐不出象牙。"

　　白宇看一眼林知逸，朝他吐吐舌头，自觉地不再说话。

"那她没什么事吧？"林知逸有些担心地问席思瑶。

席思瑶摇摇头："还好没事，就是吓坏了。老天大概看到轻轻做了这么多好事，也在默默地保佑她吧。"

林知逸松口气，心里却心疼得紧。难道就是因为这件事，所以她性情大变，对自己如此陌生？甚至想到要换男主？

"谢谢你告诉我这些。不过没关系，我以后会注意的。"林知逸真诚感谢道。

"这有什么好感谢的呢？倒是学霸你，看着我们轻轻这么不容易的份上，对她好一点吧？别再欺负压榨她了！你们那个可恶的赌约，就不能停掉吗？"席思瑶摇摇头道。

林知逸道："那件事情我会慎重考虑的。我也会听你的，最近不再去打扰她。回头看来还是需要你多安抚她一下，今晚估计受的创伤不小。"

席思瑶点了点头，说道："事情就是这个样子了，你们也都了解了，以后别在轻轻面前说那些不靠谱的话了。我就先回去了。"

待席思瑶走后，就剩林知逸和白宇两人。

白宇调侃道："哥们啊，我看你果然是掉进了坑里。"

这话没头没脑的。林知逸瞅了瞅他，不接话茬。

白宇坏笑道："是掉进了美女团长的坑啊。"

"哦。"林知逸难得没有反抗。

白宇鼓掌大笑道:"可终于被我逮着了!那可是美女团长啊,我看你接下来怎么收场。"

林知逸呵呵笑道:"我自然有我的策略。你以为谁都跟你似的?"

"一天不挤对我,你不能活是吗?"白宇对他翻着白眼。

"这是在教你,多学学。"林知逸说道。

"喊,我倒要看看你怎么追女神。"白宇不屑道。

"呵,还用追嘛。"林知逸轻松道。

"难不成人家自己送上门啊。"白宇对他很是无语。

"你就等着瞧好吧。"林知逸道。

"是瞧好还是瞧你出丑,嗯,这是个哲学问题。"白宇托着下巴道。

林知逸无意与他打趣,摇摇头道:"那你就等着我把事实拍在你脸上吧。走了走了。"

席思瑶回到宿舍的时候,许轻饰正趴在床上抹着眼泪,席思瑶走过去,给她扯了几张纸巾,劝慰道:"轻轻,别哭了。那两个人算怎么回事,站在道德制高点谴责别人罢了。我……一时没忍住,就把你的事都告诉了他们。林知逸让我回来转达,向你道歉了"

许轻饰止住抽泣,狠狠地说:"就是,他们算什么?先是一言不合地伤了人,又转过头给人道歉,敢情人活该被他们中伤?"

　　"说得对！不过你也别往心里去。我猜林知逸对你的关心也是真的。当时火急地把我叫出去，那脸上的焦虑可不是作假能做出来的。要不是他，我们及时赶到把你救了出来，都不敢想今晚会发生什么怕。所以呢，也算是将功抵过了。"

　　许轻饰叹了口气道："你看，多么的扑朔迷离。他平时闲着没事欺负我，可是本人呢，又刀子嘴豆腐心，让人爱也不能，恨也不是。"

　　席思瑶拍拍她的肩，也跟着叹气。

　　许轻饰点点头，想起什么说道："算了，不想那些糟心的事情了。快去做任务吧，今天的陪练你做了吗？"

　　"啊啊啊！"席思瑶惊叫了一声，"我当时正做着任务呢，就被叫了出去，也忘了跟金主说一声了。"

　　"别担心……记得道歉态度一定端正，语气要谦卑而有礼……"许轻饰安抚道。

　　"轻轻？"

　　"啊？"

　　"我发现你现在真的变坏了啊！你真的不是在幸灾乐祸吗？"

　　"哪里有？"许轻饰撇了撇嘴道，"不过是经验愈发丰富了，以及……我也没有做任务呢。"

　　……

　　一时间，两人手忙脚乱地开机，屏幕渐渐亮了起来，有"滴滴"的消息提示音响了起来，一时间再无人说话。

窗外的月光静静地洒了进来，柔柔地，带着暖意。又是一个漫长而忙碌的夜。

清晨的阳光温暖地照耀着校园，伴着徐徐清风，树上的绿叶和花朵轻轻摇曳着。偌大的操场上，零星的几个同学正在晨跑。

"快点，瑶瑶。"许轻饰冲着身后的席思瑶喊道。

"你慢点啊，跟不上你。"席思瑶落下许轻饰好远的距离，气喘吁吁地追赶着。

"加油，已经一半了，就剩五圈了。"许轻饰慢下脚步拉起席思瑶的胳膊拖着她。

席思瑶已经大汗淋漓，大口地喘着气，一个字一个字地说道："作……孽……呀……好好地跟你说什么强身健体啊！"

"吃一堑长一智，加强锻炼很有必要了，下回再遇到流氓就有防身武器了。"许轻饰说得头头是道。

席思瑶挪着沉重的脚步，郁闷道："那也得慢慢来吧？我们平时都是能站着就不跑着，能坐着就不站着的，这一下来个四千米长跑，谁受得了？"

"强化训练嘛，多跑几次就OK了。另外回头得规划一下在'小魔仙'业务团，号召大家一起参与进来，加强锻炼。"许轻饰嘴上说得十

分轻松，好似一点都没意识到自己的脚步也变得沉重。

席思瑶停下脚步，用哀求的小眼神看着许轻饰，恳求道："我代表团里众多姐妹们求你放过啊。"

许轻饰也快要虚脱了，停下脚步，对席思瑶说："这不也是为大家好嘛，别说得我跟恶魔似的。"说完感觉到哪里不对，顿了一下转移话题道，"你不觉得运动可以让我们保持青春活力，越来越美吗？"说着故意摆弄了下腰身。

席思瑶谄媚地看着她："呦，美人，你还能再美点吗？瞧这小身段，啧啧。"

许轻饰拍着胸脯说："所以说跟着本团长，人生圆满啊。"

席思瑶口中说着好，却是拉着她往操场外面走："行了，衣服都湿透了，赶紧回去洗漱下，一会还有课。"

洗完脸，许轻饰坐在桌前擦着雪花膏，看见了桌角放着的香水，才想起来买的礼物忘了送出去。拿过来一看，居然发现林知逸的那个也被自己拿来了，不禁皱了眉。她拿过自己选的那瓶走到席思瑶面前："亲爱的，看我给你买了什么。噔噔噔噔！"

席思瑶满脸惊喜，双手捂着嘴一脸的难以置信："给我的？"

"是啊。"许轻饰嘿嘿笑道。

席思瑶拿过来，抚摸着精致的瓶子："爱死你了！不过你怎么想起来给我买这个，你平时也从来不喜欢这些的。"

"昨天试了几款觉着不错，味道很适合你，就买来送给你了，就当作加入'小魔仙'以来的年度奖励吧。"许轻饰什么时候都不忘给自己贴点金，送好友礼物都得找个冠冕堂皇的理由。

"哇，轻轻，果然是赚大钱了啊。"席思瑶迫不及待地打开香水瓶，按下喷头在空中喷了几下，顿时宿舍里清香弥漫。

许轻饰自豪道："人民币什么的那都不是事，千金难买美人笑啊。"

"哈哈，你什么时候变得这么文绉绉的了。"席思瑶一脸玩味地看着好友。

"呃，耳濡目染吧。"许轻饰结巴。接着拿过另一个袋子，递给席思瑶，"这个，是林恶魔的，我给不小心顺过来了，你帮我拿给他吧。"

席思瑶接过袋子，拿出里面的瓶子看了眼，发现是男士的，疑问道："不会是你送给他的？"

许轻饰反驳道："想多了，我可没那闲情逸致。你拿给他就是了，省得人家觉着我背后贪小便宜。"

席思瑶无奈地摇摇头："遵命，团长大人，保证完成任务。"

正说话间，许轻饰手机咚咚地响了，她拿起手机，居然是叶弋然的微信消息：早上好，女神。

她看着消息纳闷地对席思瑶道："难得哦，叶大神居然有时间微信

我了。之前好几次我留言都没给回复的。"

"哈哈，大概想你了吧。"席思瑶开着玩笑，拿着香水跑出了宿舍。

"没个正经的。"许轻饰独自嘀咕道。

许轻饰：早，大神。今天怎么有时间问早安了？

叶弋然：嗯，今天天气不错。

……果然大神都不走寻常路？

叶弋然：哈哈，今天没任务了？

许轻饰：啊啊啊！你不提我都要忘了，快到点了，我得去上课了哈，下回聊。

许轻饰急切地发完最后一条微信，拿起书包，跑出了宿舍。

席思瑶拿着香水跑到男生宿舍楼下后，才想起来要给林知逸打电话。

好在林知逸上午没有课，也没有安排其他任务，接到席思瑶电话的时候他正在宿舍看书，了解了缘由后，便走了出来。

"昨天回去后她没事吧？"林知逸还是担心许轻饰，受了双重打击不知道会多伤心。

席思瑶点点头："好多了，只有你不再折磨她，她就会很好的。"

林知逸有些惭愧地沉默了几秒，说道："放心吧，我不会打扰她。"

"那就谢谢学长了。这是你的东西。"席思瑶把香水递给林知逸，转身欲离开。

林知逸却喊住她："等一下……"停顿了下，继续道，"能跟我多说说她的情况吗，包括爱好什么的？"

席思瑶有些震惊地看着他，堂堂大才子，此刻却显得如此卑微，他不会是……喜欢上轻轻了吧？她疑问道："你为什么要知道这些？"

林知逸诚恳地点点头："我想对她有更多的了解，不过你放心，我没有恶意，只希望能有一天能跟她和解，取得她的谅解。"

席思瑶看着他态度真切，心想应该也不会是有什么计谋，于是认真对他说道："轻轻虽然平时大大咧咧的，典型的女汉子形象，但其实她的心思跟情感很细腻，也很脆弱，大概这跟那个奇怪的病症有关吧。现在她主要的心思都在漫画和赚钱帮助阅读障碍孩子身上。在情感方面呢，也是典型的小女生心思，喜欢看韩剧，喜欢浪漫。简单说的话大概就是这些吧。"

林知逸认真听着，一边陷入了沉思，该从哪里下手？

"哦，对了，昨天经历了那一场后，现在喊着口号要强身健体，今天早上就去跑步了。"席思瑶补充道。

林知逸露出个暖暖的笑容，心道：我的女孩，很坚强啊。他对席思瑶道："谢谢你告诉我这些，很庆幸她身边有你这样的好姐妹。"

　　席思瑶被突如其来的夸奖弄得有些不好意思，笑了笑，打个招呼离开了。获取了一级情报的林知逸抬头看看天空。嗯，天空湛蓝湛蓝的，飘着几朵棉花似的大云朵，难得的好天气啊。这么想着，他却是依旧回了宿舍发呆。

　　待中午的时候，白宇回到宿舍，看到林知逸在电脑前看着屏幕，脸上还带着不明含义的笑容。白宇一时诧异，便悄悄地走到他身后，偷偷看他的屏幕，发现居然是前段时间播的很热的韩剧。白宇睁大眼睛，不可思议都拍了拍林知逸肩膀："大哥，我没看错吧？"

　　林知逸笑着看他一眼："如你所见。"

　　白宇连忙摆手："你这人也转变得太快了吧？"

　　"时刻准备着，机会青睐有准备的人。"林知逸跟他打着哈哈。

　　白宇摇摇头，抱着双臂靠在书桌边，感慨道："这还是我认识的林恶魔吗？仰慕你的那些小花们知道了不知该有何感想。"

　　"万千深情只为一人，别人跟我无关。"林知逸语调放低。

　　白宇捂着胸口，夸张地说："仿佛听到一地心碎的声音，这哗啦哗啦的哦。"

　　"不看一边去，影响我学习。"林知逸下逐客令。

　　白宇满脸鄙夷："嘁，说得好听，学习？天知道……"

　　"嗯，确实天知道。难为你这个情伤未愈的单身了……"林知逸今天的心情貌似特别好。

白宇愤愤地看着他，一股不服输的劲头："好似你抱得美人归了。"

林知逸骄傲地看着他，自信地说道："还真让你说对了，过几天你嫂子会来看你的。"

白宇愣愣地看着他："真假？"

"自己琢磨去。"赶走耳边烦人的嗡嗡声，林知逸重新投入到韩剧里，虽然剧情看起来有些幼稚吧，但还是能学到很多技能啊。

白宇悻悻地走到一边，看着林知逸沉浸在韩剧中不亦乐乎，心里发着感慨：爱情果然让人盲目，我们的大才子就这么陷进去了，英雄难过美人关啊。福兮祸兮！

许轻饰陪同学练完篮球，饿着肚子直奔食堂，心想高强度运动消耗真是大啊，今天早餐我还吃的双人份呢，这样下去会不会真吃成猪啊。

"红烧排骨，我来了。"许轻饰找了最短的一个队伍排在后面，一边玩着手机一边随着队伍慢慢移动。等了好一会队伍就移动了两步，她的肚子不争气地咕咕叫着，惹来周围同学奇怪的目光，不悦地抱怨："今天打菜的师傅怎么这么慢，我的肚子哦。"说着用手轻轻抚着肚子。

过了一会，席思瑶跑过来了，上气不接下气地说："累死我了，小排还有吧？"

　　"应该有吧，就是队伍走得好慢。"闻着浓浓的饭菜味道，许轻饰说得都快要流口水了，恨不能立马冲上去就能吃上。

　　席思瑶顺着胸口，说道："不碍事，先让我喘口气。"

　　"瞧你累的，汗都流下来了，吃个饭至于吗？"许轻饰拿出纸巾递给她。

　　席思瑶一边擦着脸上的汗珠，一边说："呵，还不是为了能跟你一起吃，还不领情，没良心的。"

　　"嘿嘿，怎么会？我知道瑶瑶最好的啦。就是心疼你嘛。"许轻饰自觉说错了话，赶紧拿出温柔策略补救。

　　说话间，许轻饰发现自己已经到了队伍的最前面，急切地点了自己喜欢的菜，还特意要了两份红烧排骨，席思瑶在后面低声提醒："你能吃两份？"

　　许轻饰只是笑笑，没有答话。待两人坐下，许轻饰迫不及待地扒了几口饭菜，顿时感觉人生圆满了，笑着问席思瑶："早上你也跑步了，你就不饿吗？"

　　"饿呀，但是我也吃不了两份啊！"席思瑶认真道。

　　许轻饰感叹："人的体质差别怎么这么大，我都感觉自己能量消耗尽了。平时觉着食堂的饭没啥滋味，今天突然发现好香啊。"

　　席思瑶乐呵地看着她："看来确实是饿着你了。"

　　许轻饰吐吐舌头，又问席思瑶："那个……香水给他了吧？"

"嗯，送过去了。"席思瑶答道。许轻饰听了松口气，同时又感觉怅然若失。席思瑶把她的情绪看在眼里，于是劝慰道："别乱想了，估计以后他也不会再为难你了。"

许轻饰心有所思，不知是该开心还是失落："但愿吧，我也不想看见他。"

席思瑶害怕又戳中她哪个痛点，赶紧转移话题："你还是专心发扬咱们的业务吧，大家伙可都期盼着呢。"

说到事业，许轻饰果然兴奋起来："放心吧，不会让大家失望了，前天合计了下，咱们这个季度收入比上季度翻了一番哦。"

席思瑶给她竖个大拇指："赞！团长棒棒的。"

"大家一起努力的成果。"许轻饰从来不自居功高，对团里的小伙伴也是无差别对待，很认可大家的努力。这点也让席思瑶很是佩服。

吃完饭，还没到宿舍，许轻饰的手机就叮咚地响了起来。拿出来一看，有些奇怪地对席思瑶说："你说这叶大神，今天怎么这么殷勤了，早上问早安，现在问午安，会不会晚上还有晚安。"

"哈哈，看来你的春天要来了。"席思瑶暧昧地说。

许轻饰拍拍她肩膀，假似恼怒的："说人话。"

"人家看上你了。"席思瑶是开玩笑的，她并不太认同网恋，觉着那完全不靠谱啊，虽然自己也是先在网上认识的男友。

许轻饰不太相信："不会的吧，我们都没见过面的。"

　　"见不见都无所谓啊，关键是要聊得投机，一起的时候开心，这就OK了。"席思瑶解释。

　　许轻饰回忆了一下，想起自己每次危险的时候想到的都是林恶魔，而不是叶弋然，这应该是心底深处真实的反应吧。于是整理了下思路："嗯，确实是每次陪我聊天我都很开心呢，可是也不是那种感觉吧，更像是排忧解惑的知己。"

　　"啧啧，知己以上，恋人未满。不错的状态哦。"席思瑶为难地看着许轻饰，清楚她心底的那个人是林知逸。

　　"呃，什么乱糟糟的，我要晕了。不管了，反正心情不好了找叶大神就对了。"许轻饰完全把叶弋然当成了自己的垃圾桶，并且还能得到安慰。

　　拿起手机，她回复消息道：刚吃完午饭，啃了两份小排，第一次觉着食堂的饭好美味。

　　叶弋然：看来你的胃已经被改造了。

　　许轻饰：估计快了，最近消耗太大。

　　叶弋然：嗯？新业务？

　　许轻饰：没有，是运动太消耗能量。

　　叶弋然：怎么突然喜欢运动了？

　　然后，许轻饰把前些天遭遇的事情跟叶弋然回忆了一遍。

　　叶弋然发来一个惊恐的表情，然后接着来了安慰：想在想想多让人后怕。你没事吧？以后要多注意啊，什么事都是安全第一位。

　　许轻饰：嗯，没事了，我现在好好的呢。

　　许轻饰不知是恢复得快，还是真的乐观。

　　叶弋然：心疼你三秒。

　　许轻饰看了有些不好意思，回复了一个可爱的表情：谢谢。

　　叶弋然：对了，你真的把漫画的男主换了？

　　许轻饰：是哦，冒用了你的形象，嘿嘿。

　　叶弋然：随便用。不过你突然作这个决定，是因为你跟传说中的恶魔闹矛盾了吗？

　　许轻饰：说来话长。

　　许轻饰惆怅了一番，不知该从何说起。

　　叶弋然：说说看，让幸运星来给你排忧解难。

　　许轻饰整理了下思绪，组织语言跟叶弋然说了从衡山之行后的事情，以及自己对林知逸的感觉：你说为什么我危险的时候会想起那个恶魔呀？

　　叶弋然：他深藏在你心底看不见的位置吧。

　　许轻饰看着这个回答有些迷糊：怎么理解啊，我的文化水平有限啊。

　　叶弋然：就是在你心里很重要啦？我都比不过，好难过……

　　"很重要……"许轻饰心里默念道。

许轻饰：或许吧，可是现在好难过，人家有美女相陪。跟我有什么关系的，重要有什么用。

叶弋然：确定不是你想多了？你上回说了恶魔并没有女朋友。

许轻饰：以前没有，现在估计快有了吧。扯远了，这跟我有什么关系？我又不喜欢恶魔，就知道欺负人。

叶弋然：难道你不知道恶魔一般只欺负自己在意的那个？

许轻饰：怎么可能，也太变态了吧。

叶弋然：我可是男生哦，比你更了解的。

许轻饰：随便啦，反正我不喜欢。那天我都吓死了，他居然还凶我。

说到这，许轻饰忍不住地伤心。

叶弋然：从男生的角度来看呢，他是太担心你了，也被吓坏了，才那么的气急败坏。就像父母对孩子望子不成才的心情。

缓了片刻，许轻饰才继续回复：嗯，我知道的。

叶弋然：人都是会犯错的，要看犯错的出发点是什么，再来决定是不是可以原谅。

许轻饰：说得很对，但是做起来好难。

叶弋然：没事，慢慢来，时间会是一剂良药。

许轻饰：如果恶魔可以像你这么温暖该多好呀。

许轻饰接受叶弋然的解释，但确实需要时间来愈合。

叶弋然：哈哈，这个愿望我记下了，努力帮你实现！

许轻饰：啊！幸运星，你是上天派来拯救我的神仙吗？

许轻饰听了掩饰不住的开心，每次跟叶弋然倾诉，都能让自己豁然开朗。

叶弋然：天机不可泄漏。

男生宿舍里，林知逸拿着手机在书桌前傻笑，感觉自己的计划在一步步地顺利进行，并且取得了初步的成效。刚刚他是跟着许轻饰后面进食堂，怕被发现，还专门隔着好远的距离，吃饭的时候也坐在很偏的角落。他打了份饭，但是基本上没动筷子，只是傻傻地看着许轻饰跟席思瑶有说有笑地吃饭，看着她开心，一切就足够了。周围吃饭的同学倒是用奇怪的眼神打量着传说中的大神，不明白今天这是个什么状态。

席思瑶看着许轻饰跟叶弋然聊得起劲，没上前打扰。但她看着许轻饰的神情在慢慢地转变，时不时地嘴角上扬，笑容满面，知道她已经释然了半分，自己心里也松了一口气。

"瑶瑶，叶大神不只是我的幸运星，简直就是上苍派来拯救我出苦海的大仙啊。"许轻饰笑着对席思瑶说。

"我没听错吧，大神、幸运星、大仙，你可全占了，还有比这更完美的吗？"席思瑶有些夸张地说。

许轻饰哈哈笑着，掩饰不住的好心情："嗯，没有了，简直是完美

CHAPTER

08

第八章　万千深情只为一人

蓝颜,我御用的。"

席思瑶用手指点点她的脑袋,有些伤感的语气说道:"我在你眼前还有存在感吗?"

许轻饰抱住席思瑶:"哈哈,瑶瑶你不要吃醋的啦!放心,你永远是我的No.1。"

席思瑶反驳:"我也是有男神的人,哪还会吃别人的醋。"

"口是心非,秀恩爱。哼!"许轻饰放开她,蹦跶着进了宿舍。留下席思瑶独自沉思:这叶弋然到底是何许人也,别到头来又是让轻轻白开心一场。

许轻饰的漫画完稿之后,在网络上吸引了一大波粉丝,受到众多大学生的喜爱,同时也有不少出版社关注,打电话过来谈出版的问题。许轻饰只觉得幸福来得太突然,有些难以置信。最后,确定了还是一家很出名的出版社来发行。下午她去了趟学院楼,看了下印刷的质量和进度,各方面都很满意,心算了下,照这个进度,估计过不了几天就可以进行发售会了。

兴奋地回到宿舍,许轻饰迫不及待将这一进度告诉了席思瑶:"瑶瑶,我怎么感觉像在做梦啊,好不真实。"

席思瑶用手指刮下她的鼻尖,认真说道:"这都是你努力得来的,多好啊。"

"嗯，就是觉着来得太突然了，自己画着玩的，居然还能出书了。"许轻饰还是有些难以置信。

"哈哈，说明你有天分啊。"

"嘿嘿，必需的。快快，来帮我规划下怎么办好这个发售会吧。"

"有啥需求，说出来听听。"席思瑶思考几秒。

"地点在哪里好呢，还有至少要做个横幅什么的吧，虽然说咱意向低调吧，但样子还是应该有的。"许轻饰描述着几个要素。

"低调？你确定是低调吗？"席思瑶打趣她道。

许轻饰不置可否，重新认真地说道："当然哦，确定一定以及肯定。"

"你可是大名鼎鼎的女神团长，就咱们的客户就得有多少呢，谁能不来捧个场；再说你美貌与智慧并存，网上的粉丝数量更不用说；另外，还有过那么一段校园里沸沸扬扬的绯闻。你现在可不是一般人啦。"席思瑶一条条地给她分析。

许轻饰认真听着，并不否认席思瑶的判断，然后坦然地说："对哦，所以咱们要好好策划一下啊，毕竟没有经验。"

"嗯，不过这都不是事，放心吧，咱们'女神团'人才济济，都不在话下。"席思瑶手托着下巴，一派军师作风。

"是哦，咱们临时开个小会吧。"许轻饰眼睛亮了起来，赞同道。

"嗯嗯，这就通知一下。"说着席思瑶就在微信群里发出了会议通

知，众姐妹一听说团长要出书了，个个兴致高昂，纷纷赞同。

十分钟的功夫，"小魔仙"全体成员，当然除了正在做任务的，全都聚集在了会议地点——星泊地咖啡厅。许轻饰看着大家对自己的工作这么支持，心中甚是安慰。

"感谢大家能这么及时地赶过来，想必本次会议的主题大家也都清楚了，现在我们就几个必要的问题征集一下大家的意见，大家可以畅所欲言。"许轻饰诚恳地说，讲话的样子也是颇有团长风范。

"团长，海报交给我，还有网上宣传，这是我的长处。"

"团长，选址有什么要求，我去现场勘查。"

"我可以当苦力哦，搬书啥的都让我来。"一个长得肉肉的女生说道，众人哈哈大笑。

小伙伴们你一言我一语地讨论个不停，分分钟把发售会的策划定了下来，果然是人多力量大。许轻饰看着大家这么的热心，心里一阵暖流，感激道："有你们真好，我的小伙伴战友们。"

"团长，我们跟着你才好幸福呢。"

"团长棒棒的，这么开心的事我们得找个时间庆祝一下才好。"

"团长，我们每人能有一本不？"

"我要把我所有的客户都叫过去。"

"对，我们要通知到预定过'小魔仙'业务的所有客户，让大家来沾沾喜气。"

大家畅所欲言地发表着自己的感言，气氛热烈，也有小学妹励志要把许轻饰作为榜样来学习。

最后许轻饰来总结："感谢大家的宝贵建议和参与，也谢谢大家长期以来对工作的付出，作为你们的团长真是荣幸之至。等我的漫画印刷好，团里每人一册，发售会圆满成功后，咱们好好庆祝一下。"

"鼓掌。"席思瑶带头起立。大家积极响应，顿时掌声响起一大片，引来咖啡厅里其他同学好奇的目光。

晚上洗漱完躺在床上，许轻饰畅想着美好的未来，叶弋然的微信又来了：在干吗呢？今晚月色真好。

许轻饰笑着拿起手机，心想还真是猜对了，又来问安了。于是她回复道：是啊，今天月色好，心情更好。

对方回复得倒是很快：有什么好事？

许轻饰卖着关子：你猜？

叶弋然：疑问？许轻饰真心感谢叶弋然，不仅为自己排忧解难，就连作漫画也是他提议的。于是诚恳地写道：嘿嘿，我的漫画要正式出版了，你给我指了一条致富之路啊，得好好谢谢你。

叶弋然：哇，恭喜恭喜啦！是你的才能成就了这一切，你值得拥有。

许轻饰心里甜甜的：你就是我的幸运星，自从认识了你，感觉一切都好了。

叶弋然：你开心就好。

关掉手机，抵挡不住的睡意弥漫，许轻饰一会儿就进入了梦乡，还做了一个美美的梦。

第九章

CHAPTER
09

PLEASE,

我是该继续道歉，还是告白好呢 MY SENIOR

　　转眼到了周三，这一天是许轻饰定期去看阅读障碍孩子的时间。一大早，许轻饰就收拾完毕，清点了上个月的收入以及即将要资助给孩子们的那部分，发现又比上个月多了一成，这是不是预示着"小魔仙"在飞快地成长。她满心欣慰，另外又带了一些简单的书籍，就高高兴兴地出发了。

　　今天的天气也还不错，万里无云，阳光明媚，微风拂面，倒也不觉得有多热。大概一个小时的路程，许轻饰就到了地方。门外已经有小孩子在等待，看见许轻饰就飞快奔了过去："轻轻姐姐，你终于来了，好想你哦。"

　　许轻饰抱起面前的小女孩，女孩今年五岁，长得比较瘦小，因此许轻饰丝毫不费力。许轻饰捏着她的小脸蛋："露露，姐姐也想你呢，怎么不见你长肉呢。"

　　"长了肉还要减肥，我这样不挺好嘛。"小女孩小嘴甜甜的。

　　许轻饰听了咯咯地笑着："才几岁啊，就想着减肥，得先把个子长够了。"

小女孩故作沉思了一会，对着许轻饰点点头："好吧，我以后多吃点，准保你下回来就抱不动我了呢。"

"没事，你多重姐姐都抱得动。"像是在跟自己的亲妹妹玩笑，许轻饰满脸亲切和宠爱的表情。

这时候，院长也迎了出来，表示欢迎："轻轻来了。露露这孩子，还是跟你最亲啊。"

"哈哈，院长伤心了吗，露露，快去安慰下院长阿姨。"许轻饰走到院长面前，放下小女孩。小女孩抱着院长的腿："阿姨，我们亲亲哦。"看着可爱的孩子，众人都被逗乐了。

进了院里，许轻饰先去院长办公室交了资助金，然后才到活动区去看小孩子。一帮小孩正在院子里玩游戏，看见许轻饰，都围了过来。许轻饰给他们发了棒棒糖，又一一跟他们问候了解近况，典型的一个孩子王。

正说笑着，一个小男孩大声喊道："大哥哥也来了呢。"众人回头，看见一个大男孩拉着一个小孩子的手走了过来。许轻饰呆呆地看着这一幕，许久说不出话来。林知逸这些天都很识趣地没有出现，没想到今天却意外地出现在这里。

他为什么会在这里？

许轻饰想起席思瑶把自己的事情都告诉了林知逸，难道专门跑这来

道歉的？她发现今天在这看见林知逸，对他竟然没有之前那么厌恶，也没有那么纠结，反而很平静。或许碰上漫画发售会，自己心情大好，赦免了恶魔的所有罪恶。

林知逸面带微笑地看着许轻饰，不知道此刻该不该上去道歉。昨天晚上自己可是准备了千字的请罪辞，还背了好几遍。现在许轻饰就在自己面前，满腔的罪辞却开不了口。他怕得不到她的原谅，反而加深误会。

许轻饰看着今天的林知逸有些奇怪，他没有了往日里那嚣张的气焰，温顺得像个大男孩。终于许轻饰不再纠结，走过去主动打招呼："嗨，你怎么在这？"

"我在这做义工。"林知逸有些诧异，许轻饰会主动过来打招呼，心里顿时乱了计划。

"哦，你是最近才过来的吗，之前没见过你啊。"许轻饰不急不慢地问道。

"嗯，是，听说你经常过来，所以我也来了。"林知逸有些不好意思地说。

许轻饰心里闪过一丝尴尬，依旧面色如常地说："哦，那谢谢你了，为这些孩子。"

林知逸摸摸头，笑着说："都是应该做的，比起你的付出我这些都不算什么。"

　　两人沉默了几秒，林知逸趁机小心地问道："你……不生气了吗？"他还在想准备的罪辞什么时候拿出来好呢。

　　许轻饰淡然地摇摇头，微笑着说："都已经过去了。"

　　林知逸顿时哑然，不知该如何接话了，志忑了一上午的心情随着这一句话语落地了，怎么有一种深深的挫败感。女人心海底针啊。但是学霸才子也是准备充分，随即，他玩味地说道："那……我是该继续道歉，还是告白好呢？"

　　许轻饰满脸羞红，这算是告白吗，什么状况，我幼小的心灵哦。她满脸惊讶地问林知逸："你还看韩剧？"

　　"是哦，都是你喜欢看的。"林知逸此时完全就是韩剧男主上身，暖暖的笑容，柔柔的话语，神相似的告白。好似韩剧现场版。

　　许轻饰感觉自己眼睛花了，怎么看今天的林知逸都不太对，竟然会去看自己喜欢的韩剧，并且那么肉麻的话现场拿过来用，这还是自己认识的林恶魔吗？刚刚那一句赤裸裸的告白还是让她的心再次怦怦加速跳了起来，怎么办？好浪漫的感觉。

　　林知逸看着她羞羞的样子蛮可爱的，继续说道："你不也喜欢我吗？"

　　"瞎说什么啊，谁会喜欢你。"许轻饰有些不知如何是好，怕自己的小心思被眼前的人看透。

　　"你遇到危险的时候都在呼唤我，然后我就听到了，飞奔过去救

你。"林知逸故意说得玄乎。

"呃,你想多了吧,那只是你的幻觉了。"许轻饰反对到底。

"你确定吗,咱们这是心心相通啊。"林知逸继续不依不饶。

许轻饰听得一阵慌乱,完全没有了清晰的思路,但潜意识告诉自己坚决不能承认,蓦地,她毫无底气地说道:"别乱说,我已经有男朋友了。"

林知逸听了并没有惊讶或者生气,仍是满脸温暖的笑容,静静地看着许轻饰,许轻饰被他看的心里发毛,生怕一下被戳穿了,于是不敢跟他对视,只得将目光移向地面。

只听林知逸慢悠悠地说道:"你男朋友是上回提过的那个叶弋然吗?"

许轻饰点点头,好奇他怎么会猜到自己的虚拟男友:"你怎么会知道?"

"上回你自己说过的,记得当时还是蓝颜,在看你周围也没比他更合适的人选了,就是没想到蓝颜这么快就再次升级了。"林知逸分析得合情合理。

"啊,不错,他人特别好,我跟他一起很开心。"许轻饰继续编着故事。

林知逸满脸坏笑地看着她:"哦,是真吗?看来我晚了一步。"

许轻饰小心脏提在半空,生怕随时被看破,急切地说道:"当然真的啊，过些天我要举办一个漫画签售会，他到时也会过去，我们会现场公开关系。"说完这句话，许轻饰心更加慌了，自己编了一个又一个的故事，越来越离谱了。

林知逸依然一副很淡定的表情，仿佛能猜到这一切都是她自己编出来的。

许轻饰看着林知逸如此淡定，自己心里却越发慌乱。哪里的男朋友啊，顶多算是蓝颜知己，聊聊天解解闷的，况且都从来都没见过面呢，也不知道人家长成什么样子。幸运星啊，被逼无奈只得暂时借你名号一用了，不然今天对付不了林恶魔啊。

许轻饰这边祈祷赶快哄过去就完事了，谁知不死心的林知逸厚着脸皮说："是吗，恭喜恭喜哦。这么着也算相识一场，我到时一定去捧个场。"

许轻饰有些震惊地看着林知逸，心说谁需要你捧场啊，放过我吧。她有些为难地说道："我这些小事就不劳烦学长操心了，你不必挂念的。"

林知逸皱皱眉，大气地说："那怎么行，这么重要的事，怎么着都得参加一下，到时你也介绍你男朋友跟我认识哦。"最后一句从林知逸口里说出来，这么听都感觉哪里不对，但好似又找不着漏洞。

许轻饰真心无语了，这是要逼死我呢，咋办咋办，编不下去了。无奈之下，许轻饰勉强挤出个笑脸对林知逸点点头，表示接受了他的好

意。然后胡乱找了个理由跑开了。

林知逸看着她慌乱的背影，独自在后面发笑，我说过会实现你的愿望，我的宝贝，不要太惊喜哦。

许轻饰跑到一个僻静的角落，找个凳子坐下来，拍拍胸口，先大口地呼吸了几口，平静了一下心绪。脸上的绯红也慢慢褪去。她在心里默默祈祷：神啊，快来救我。

思虑了片刻，最终的决定是先告知一下当事人，虽然说叶弋然人很好，但自己一次又一次地冒用人家名号，实在是说不过去。于是，她拿出手机，在微信里给叶弋然说了下情况。

消息发出去之后，许轻饰小心脏又开始突突地跳着，大仙会不会怪自己啊，这次的情况也太尴尬了，还不知道大仙有没有女朋友呢，如果人家都不是单身了，那就更糟了。哎呀，这林恶魔真是一点不饶人的。

等待的时间总是觉着很漫长，许轻饰都觉着是不是叶弋然不知道怎么拒绝，所以当作了直接忽略。天啦！小魔仙快快显灵。

正惆怅间，手机嘀嗒一声。许轻饰快速地打开消息，只看见三个字：没问题。

天啊，大仙这是同意了。欢喜了几秒，许轻饰忽然想到更严重的问题，自己都没见过大仙，现场扮演情侣会不会很不协调，还有不知道大仙长什么样子啊，万一……万一……是个丑男？

我的天，在这个看脸的社会，虽然老娘我也不是单纯的外貌协会，可是跟林知逸这样校草级别的美男PK，现场会是如何劲爆！画面简直是太美啊，我都已经不敢直视了。

许轻饰控制不住地报告给了席思瑶："号外号外，重大情况。"

席思瑶不明所以发来一个大大的问号。

许轻饰噼里啪啦地点着手机键盘："我要跟幸运星见面了。"

"什么？这么突然要见面了？"席思瑶有些不可思议。

"被逼的，要现场跟林恶魔PK，你觉得如何！"

"天啊，你说真的，到底什么个状况？"

"哈哈，欲知更多细节，待我回去慢慢给你道来。"许轻饰嫌手机不够用了，噼里啪啦地点着那小小的键盘，一个个地打字，一大箩筐话呢，还是回去细聊更带劲。

"欠揍，总是吊人胃口。"那边的席思瑶恨得咬牙切齿的，有卦不能八，真是好无奈，自己的那点好奇心只得被吊在半空中。

许轻饰回复："说来话长……在宿舍等着我吧。"

席思瑶只得无奈地看着手机叹气，心想这林学霸明明是去表白的，怎么中途又冒出个叶弋然来。

原来早之前，林知逸就跟席思瑶打听了许轻饰去看阅读障碍孩子的日期。当时席思瑶誓死不出卖好友，怎么都不说。她问林知逸："明明说好了不出现在她面前，现在怎么变卦了？"

"我没变。问题的关键不在我，主要是她能好好冷静，把心里的疙

215

疙解开。我欠她一个道歉，所以我必须出现。"林知逸的话语里态度诚恳。

席思瑶倒是觉着有些不好意思了："喔，谢谢学长的理解。不过有必要跑那么远去道个歉吗？"

"对我来说，这是个合适的机会。"林知逸回答。

"那你会不会又让轻轻难堪啊？"席思瑶还是有些担忧，虽然这几天许轻饰表现得很开心，但再次见到林知逸，谁知道会是什么情景。

"放心吧，我只想找个合适的机会告白。"林知逸很诚实地答道。

席思瑶腾地站了起来，难以置信地看着消息。

林学霸的告白，传说中的冰山才子还会主动跟女生告白，并且这个女生还是自己的好姐妹，感觉一切都像做梦。手有些颤抖地打着字："你说真的？"

"千真万确。不过还得麻烦你先替我保密。"对方很快回复。

席思瑶晃晃脑子，揉揉眼睛，确认没有看错："如果你是真的喜欢轻轻，那么我倒是愿意帮你。"

"谢谢！"

"轻轻周三上午会过去那边，时间基本上不会变动。"席思瑶为了好友的幸福，最终还是把她给出卖了，心里念叨：轻轻莫怪我啊！

"OK！谢谢，到时请你吃喜糖。"林知逸仿佛自信满满，好像知道许轻饰一定会答应似的。席思瑶想问他："哪来的自信？"

"爱情！"简单的两个字，林学霸真是惜字如金。

席思瑶叹口气：敢问人世间情为何物，只教人生死相许。不过话说这林大学霸的表白，居然跑到那么远的地方，学校里完全接收不到爱的表白啊，可真会选地方，避开了多少闲杂人等。

席思瑶跟许轻饰聊完，完全按捺不住心底蔓延的好奇，于是又问林知逸："表白结果如何？"

"很好。"

这个结果真是更吊人胃口，什么叫很好啊，轻轻同意了？不会的吧。于是继续发问："轻轻接受了？"

"嗯哼。"

又是两个字，不过，这，就这么轻易地在一起了？是不是有点太顺畅了，怎么像演电视剧？但是跟叶弋然见面又是怎么回事，如果在一起了，林知逸会乐意让轻轻跟蓝颜网友见面，不对啊，太火爆了。

席思瑶不甘心，继续说："也太顺利了吧。"

"你的意思我应该被拒绝？"林知逸意外的没有生气，也没有不耐烦，而是很耐心地满足着席思瑶的八卦之心。

"呃，我没这意思。不过叶弋然又是怎么回事？"席思瑶想要一探究竟，因此急需问道。

"叶弋然就是我。"

席思瑶瞪大了眼睛，难以置信地看着这几个字，大喊着天啊天啊。要不要这么狗血，这不应该是电视剧里的情节吗？席思瑶掐掐自己的胳膊，接着哎呀一声，告诉自己不是在做梦。

轻轻知道了会是什么表情？不对，轻轻应该还不知道，刚刚还说要跟蓝颜线下见面。至少现在还不知道。席思瑶想要告诉许轻饰，但想了想都约好见面了，我还是不要随便破坏了平衡。

席思瑶理清了事情的来龙去脉，不禁为轻轻的未来深感担忧，这是掉进多大一坑啊，我可怜的轻轻。

她一边感慨着一边等着许轻饰回来给她讲故事。

第十章

PLEASE,

人生苦短，不如今天就转正吧 MY SENIOR

很快就到了签售会。出版社一再叮嘱许轻饰提前到，听从安排走VIP通道。许轻饰出发前百般不解，可是在伙同亲友团到达现场时，明白了编辑的良苦用心。

此时距离开始还有半个小时，可是场外早已站满了乌泱泱的一大群人。原以为会是清一色的小姑娘，让人没想到的是，还有不少长相可人的男生。

"小魔仙"业务团的娘子军们一下就振奋了，不约而同地冲自家团长竖起了大拇指。

"团长团长，我知道你赚钱厉害，没想到你吸引粉丝也这么厉害！"

"厉害了我的大团长！"

席思瑶衷心祝贺道："轻轻，看来你是真的要火了。"

魂游九霄外的许轻饰被点名，吓了一跳："火！什么，哪里？灭火器呢？"

众人无语。

意识到不对的许轻饰回过神来，四处张望了一番，在看到候场的粉丝们时喜笑颜开道："天啊！有生之年，我许轻饰竟然能有这么多粉丝，要感动哭了！"

大家这才又笑闹起来，开起了玩笑："苟富贵，勿相忘啊，团长大人！"

"好说好说，大家冲一冲，把'小魔仙'业绩冲上去了，也是可以分一杯羹的哦。"许轻饰十分豪气地挥手道。

一旁的席思瑶认真盯了她一会儿，待大家转移注意力时轻声问："轻轻，你还好吗？看你的状态好似有些不对。"

许轻饰双手握拳，竭力压制自己的激动："如果状态没问题，我才是真的有问题！"

"怎么了，是因为要见到幸运星叶弋然吗？"席思瑶调侃道。

许轻饰垂头丧气道："见他是无所谓了，关键是……还有林知逸啊。"

席思瑶点头道："你还是很喜欢他的吧？喜欢一个人，哪里是嘴上说说就完事了的？更何况喜欢的人刚好也对你表白。现在想起来还是觉得你们好浪漫的。"

听到好友如此描述，许轻饰不仅有些心生动摇。好似过了这许久，她才自当时的场景中恢复。迟到的巨大的欢喜涌向四肢八骸，涌向每一

个毛孔。她忍不住打了个激灵，立马止住了对方："我之前学了个句子，叫人生若只如初见。可是要我说，我跟他最好是人生若是不相见，那就是最大的赞赞赞！你不想想，自从遇到了他之后，我都遭遇了什么……"

被三天两头欺负，被奴役，被断了财路……与他的相逢相知史，可不就是一部血与泪的殖民史吗？

席思瑶十分同情道："怎么现在听起来……像小学时候的男生欺压喜欢的女生的方法？有件事情，也不知道要不要告诉你哦。"

许轻饰有气无力地反驳道："那按照套路来说，这个时候我应该逆袭，大声唱农民起义三部曲啊。如果觉得不当说，你就讲讲看吧。"

席思瑶哈哈大笑，等平息了后才说："还记得辩论赛吗？"

"怎么不记得？一切耻辱的诞生地啊！"许轻饰竭力克制着自己的暴脾气。

"当时我不是通过白宇搜集了很多林知逸的资料吗？其实前段时间跟白宇闲聊的时候，我才知道，那是林知逸有意要他给的……"席思瑶解释道。

许轻饰表示完全，一点都不想听到这个消息。还不是林知逸低看人一等，怕她太上不了台面，不好收手："不是一样在广大同学面前出糗吗？我谢谢他了。"

席思瑶知道此时说什么都是无益，便摇了摇头，不再替林知逸辩白。

好在两人这么一打岔，许轻饰转移了焦点，也就不再那么紧张。待主讲人做完介绍后，她昂首扩胸地走了出去，意外地受到了大家清一色的赞美声。大家自发地鼓起掌来，甚至有人冲她吹口哨。

排在前面的女生兴奋地尖叫道："活捉活生生的作者！"

"有颜，且有才，任性啊，我的作者大人！"

……

突然被这么多人喜欢，许轻饰发自内心地感到愉悦。她微微笑着，双手摊开往下压，喧哗声渐渐安静了下来。

"真的很感谢大家爱我，也请大家相信，我一样爱你们，爱我画笔下的每一个人物，它们都是我的孩子。所以，哪怕你们在留言里随便拉郎配，把女主配给了恶魔，或者把女主配给了幸运星，抑或是组成了其他的小众的CP，我都是含笑看完的，而且绝对不是'好生气哦，但还是要保持微笑'那种的。"

底下众人发出一阵爆笑声。许轻饰停顿了片刻，笑道："是的，如你们所想的那样，尽管不是每条留言我都会回复，但是我都有看。在这里，我想把最真最诚的祝福送给大家，愿大家热爱生命，有着一个锦绣前程。"

许轻饰深吸了一口气，闭眼又睁眼，双眸清澈而坚定，透着无限的热情与光芒。她开始一字一顿地朗诵："我不去想是否能够成功，既然

选择了远方……"

席思瑶站在后台，看着她认真的样子，不禁有些想要落泪。无人知道，要一个阅读障碍症重度患者如许轻饰，多年无法看文字材料且极度厌烦，自己书写大段的台词，并且背诵诗歌，她到底要经历什么。情难自已时，突然听到身边有人道："她准备这些，用了多久？"

"啊！"席思瑶差点惊叫出声，她盯着林知逸，难得流露出一丝不满来，"林学长，人吓人是最要命的。你晓得？"

林知逸专注地看着许轻饰，连一个眼神都懒得施舍。

席思瑶看了他片刻，突然叫了起来："糟糕！学长你不能待在这里……轻轻万一看到你，卡词了或者紧张了怎么办？"

"你说……她会因为看到我而紧张？"林知逸挑着眉，嘴角上扬，露出一个得意的笑。

不知怎的，此情此景，席思瑶突然有了与许轻饰一样的暴躁情绪——好想打人怎么办？

"你知道吗，大家都说，认真的人最美丽。可是她的美我是一直都知道啊。你想，她这么美，又这么有才，除了我，谁还能配得上她？"

……

席思瑶默默地抬头望天，心想一定是自己打开签售大门的方式不对，手那么痒好想把之前替他讲话的自己拉回来揍一顿哦。

好在林知逸很是知情知趣，在对方暴起之前，安抚道："放心，等她正式开始签售时，我出去溜达一圈再回来。"

签售会进行到一半，许轻饰手都要酸了的时候，签售渐渐有些成了流水作业。

再上来人时，她会微笑地与对方对视一眼，然后飞快地在扉页画上自己的个人签名，同时问对方要写什么内容。速度之快，让她连好好观赏各路美少女和美少年颜值的时间都没有，耳中所听，眼中所见皆是对方的要求。因此乍一听到有些与林知逸相似的朗朗男声时，她依然是头也不抬地问："你好，要送给谁，写什么话呢？"

"写'致我的至爱，轻轻'。"对方含笑道。

许轻饰下意识写出这几个字，待写出"轻轻"二字时，终于意识到了哪里有什么不同。她抬起头来，正正好落入林知逸的灼灼双目里，不由得呆了一呆。

两人对视半晌，身后的粉丝们震惊地看着眼前这一幕，不约而同静了下来。最终还是林知逸率先打开了这沉寂："轻轻，我来了。"

早日里见过他的运动装，许轻饰自然知道他的身材好，可没想到是这样的好。一身板正笔挺的深蓝色西装，恰到好处地勾勒出倒三角的身形来。再加上一条玫瑰红色的领带，彰显出满满的独属于青春的朝气与活力。诚然，用许轻饰的心里话来说，叫骚包。

奈何她吐槽归吐槽，台下还在等待的迷妹们已随着他的再次发声而

"啊啊啊"地尖叫了起来，相机"咔嚓"、"咔嚓"的声音此起彼伏，有胆大一些的还高喊了起来："帅哥，给个正脸好吗？"

"帅哥我不贪心，不给正脸给我个侧脸也行啊！"

……

原本秩序井然的队伍一下就乱了起来。不管是在领书处排队的，还是排得远远的，大家一窝蜂地挤了过来。许轻饰愣怔片刻，小声吐槽道："你又不是我的粉丝，来凑什么热闹？更可恨的是，这是我的签售会啊同学！你穿成这样来勾搭人，真的好吗？能有一点点的公德心吗？"

林知逸低笑了一声道："我怎么不是你的粉丝？要算起来，轻轻，我是你的第一号大粉丝才对！他们因为你的漫画喜欢你，可我是因为你的人而喜欢你的所有的一切，好的坏的，善良的正义的。"

天啊天啊！许轻饰只想大叫不公平！她知道对方是大才子，德艺双馨，可是并不知道对方一旦讲起情话来，满嘴的跑火车，随时随地都能开起来。她涨红了脸道："不要乱说话！我的男朋友马上就来了。你先去那边把你惹的麻烦解决了，满足了我粉丝们的心愿。"

林知逸蛮有深意地看了她一眼，点头走向了另一边。随着他的走开，疯狂的迷妹们冲着他跑去，在排队等签字的粉丝少了许多。签得手疼的许轻饰竟然有了片刻的休息。许轻饰带着微笑无意识地扫他们一眼，心中很是吃味……就这样，她的粉丝被吸引走了。

不过这不是最关键的问题。最大的问题是，她的幸运星叶弋然，约好了开场时候就到的叶弋然，至今都没有一点消息！许轻饰心里愤懑，面上又不好表露，只好忍着一口老血，借着给读者签字的间隙，在手机上一字一字地敲微信。

许轻饰：幸运星幸运星，你在哪里？快出现！

许轻饰：地址是×××，你不是迷路了吧？

许轻饰：我知道，你一定不会放我鸽子的对不对？

……

因为分神，这么几条微信接连发过去，就用了快20分钟。旁边时不时地有微信提示音响起，许轻饰着急去看，却没有一次是自己的。一时怒火上涌，便迁怒了那提示音的主人——不远处的林知逸，瞪他一眼，再瞪他一眼。

许轻饰自以为行动十分小心谨慎，在对方有转头的迹象时就忙地转过头，没想到愣是碰了个正着。只看微信却不回复的神经病同学林知逸……看过来了。他举着手机，冲着她笑得一脸灿烂。

"脑子进水了！"许轻饰小心嘀咕道。不过对方进没进水她管不着，她只知道，要是叶弋然还不出现，她的脸面可就都要被丢尽了。想想在林知逸面前打肿了脸充胖子，打落了牙肚里咽，许轻饰非常想抱抱自己。她用两三个手指，飞快地给叶弋然发微信。当最后一条发出去时，面前就响起了微信提示音。她惊喜地抬头，却发现又是林知逸。

"喂，离我远些，你脸太大，挡住我的Wi-Fi了。"许轻饰不满道。

林知逸不说话，只是把手机递给她。

"要我给你Wi-Fi密码？想得美！"许轻饰气冲冲道。

林知逸轻笑着，把手机硬生生地举到了她面前，许轻饰终于肯正眼看它。而率先映入眼帘的，赫然是她十分熟悉的，聊了无数次的幸运星的头像。旁边是一条条信息，刷了满屏：叶弋然，快来，敢迟到我剁了你！

"你怎么拿着幸运星的手机！他人呢？怎么不出来见我？"许轻饰下意识吼道。然而话音刚落，她就意识到了哪里不对，目瞪口呆地指着对方，口吃道，"你……你……"

不忍见她如此为难，林知逸十分轻快地，善解人意道："对，是我。我就是你的幸运星：叶弋然。"

这一定是上天给她开的玩笑，对不对？许轻饰难以置信地看着对方，质疑的话一出口却变成了脑残剧："你精神分裂了吗？"

"当然不。抱歉迟到了这么久，许轻饰。然而，万幸的是一切都还来得及……"林知逸越过桌子，朝她侧过身来，"亲爱的，我来了。"最后一个"了"字，消失在了许轻饰的口中。

"啊啊啊！现实版的霸道总裁爱上我！"

"没眼看了，这么霸道的拥抱与深吻！人家还只是孩子啦！"

"猝不及防的一把'狗粮'，在场的单身们请注意躲避。"

......

尚还在场的粉丝们吹起了口哨，还有人飞快地跑出去买了拉花，又你传我我递给你的，给到了坐等签售的女生手里。然后"砰"的一声，拉花爆了出来，洒了许轻饰与林知逸满头满面。

许轻饰从震惊与极度缺氧中回神，与林知逸对视。好似这一眼便是万年，时光匆匆而过，他们从少年走到了白头。

时隔签售那天已经过去了三天。这三天里，许轻饰一直处于"不知此身在何处"的精神恍惚状态——大庭广众面前，众目睽睽之下，她被死对头林知逸夺了初吻。

哦，细算也不能是夺，她是没反抗。用林知逸那个大流氓的话来说，没反抗就是默许。去他的默许！她完全是被惊呆了好吗？谁能想得到，林恶魔林知逸就是幸运星叶弋然，蓝颜知己叶弋然就是告白对象林知逸呢？

当然，两者合二为一，自然是再好不过的happy ending（皆大欢喜的结局），可是对方一而再，再而三，利用双重身份欺骗她，简直罪大恶极，罄竹难书！

听到许轻饰翻来覆去的吐槽，席思瑶笑着提醒道："轻轻，我发现你最近词汇量大增。"

"哼，还不是拜林恶魔所赐？天天给我念文章，变态的是还有成

语、寓言故事啊啊，说什么有阅读障碍就用语音教学来弥补！简直比当年外语课还要让人头疼……"许轻饰越说越愤慨，骂道，"不就是比我智商高一些吗？仗着我反应迟钝就欺负我，尤其是漫展那天……"想到当时情景，她就有些又羞又恼，脸涨红了一片。

席思瑶看她嘴硬心软，不由得为林知逸辩驳道："我看你当时也蛮享受的嘛，最后还抱着他的胳膊，冲大家笑得一脸甜蜜。"

说到这里，许轻饰有些想哭："你说，当着广大迷妹的面，我怎么好轻易拂了他的面子？万一他回头又哭哭啼啼跑来碰瓷可怎么办？"

席思瑶看了看她的身后，挑了挑眉，哈哈大笑道："被心仪女生拒绝，他哭不哭我不清楚，倒是你的迷妹们哭成了一片。我估计从故事一开始连载就追了的，看着你们又欢喜冤家终成眷属，要不然不会有这么大感触。"

"对哦，就算不是为了林恶魔，为了能让我的粉丝开心，我也是会配合发糖啊。毕竟大家开心才是最好的嘛。"许轻饰得意扬扬地说道。

"那你准备拿林知逸怎么办？"席思瑶紧跟着问道。

许轻饰哼了一声道："敢这样欺骗我，林恶魔胆子也太肥了。不给他点颜色瞧瞧，我就不姓许。"

"可以啊，我觉得姓林不错。你觉得呢？"林知逸在许轻饰身后道。

许轻饰诧异地转头，看了他一眼后下意识就想掉头逃跑，被林知逸拉住了连帽衫的帽子。

"Let me go!（让我走！）"许轻饰叫道。

林知逸诧异地望她："你最近是看了什么奇怪的剧？"

许轻饰只顾动手动脚要逃，并不理他。

反而是一旁的席思瑶红着脸接了话道："就……就是一些破案片啦。"

林知逸不可闻地哼了一声，压低了声音放低姿态道："轻轻，从那天开始你就不理我了。电话不接，微信不回，你都不知道我有多担心，还以为出了什么事。可是刚刚听你和席思瑶聊天，才知道你是心里面不痛快。对不起，过去都是我的错，要怎样你才会好受一些？"

旁听的席思瑶听得目瞪口呆：一旦才子走向情话流，果然战斗力不是常人所能抵御的。

然而许轻饰向来脑回路与众人不同，揪住错处问："别的先不说！非礼勿视，非礼勿听你不懂吗？为什么偷偷跑来听我和瑶瑶讲话，还吓我？"

林知逸摇头，真诚地辩解道："我不是有意的。只是刚好路过咖啡厅，看到你在这边，一时情急又开心，就过来找你，刚好听到你们的谈话……"

"你都听到了什么？"许轻饰警惕地问道。天啊，要是被他听到什么"合二为一再好不过"什么的，还不如让她去撞墙。

"第一个听得清楚的词是'发糖'。我以为你在说什么与我相关的，就靠近了些。看你们聊得正欢，就不忍打搅。"林知逸直直地望着许轻饰。

许轻饰明显松了一口气，把话题扯了回来："刚刚不是说怎样才能让我好受一些吗？"

林知逸坚定地点头道："对哦，作为一个合格的男友，怎么能让他的女朋友生气呢？"

"我可还没承认你是我的正牌男朋友，现在你只能勉强算是在野党啦。"许轻饰踮着脚，竭力做出俯视的姿态来。

"那么敢问轻轻美人，怎样才能转正呢？"林知逸一脸的虚心请教。

许轻饰微微侧着脑袋，像是在想什么艰深的难题。在林知逸忍不住出声的时候，拍了下手掌道："我知道了！我最爱赚钱啦，你懂的对吧？那么你想转正容易啊，先把'小魔仙业务'的营业额赚到一万再说！"

"这……"林知逸微微迟疑道。

许轻饰愈发得意，准备出个更难的点子让林知逸吃个哑巴亏："这点业绩都完不成的话，还想转正？可以啊，我有个Plan B（B计划）……"

"不，不用。我只是在想，哪个方案更快实现你的指标而已。"林知逸胸有成竹地说道。

许轻饰："……"

所以刚刚她傻的吗？明明知道对方金融系出身，一把算盘最是打得精妙，还费尽心思说什么一万，什么Plan B，为什么不说十万！

"明天就把BP（商业计划书）送给你哦。"林知逸佯装未看到她的懊恼，艰难地忍笑道。

好想哭……然而还是要微笑，好难过哦。许轻饰绷着脸点头道："说到做到，过时无效。"

林知逸点头，走开。

待他的背影彻底消失后，席思瑶难得花痴一般感叹："林才子好帅！林才子最棒！"

"你到底哪一国的？"许轻饰盯着她问，"刚刚你一定是看到他了，怎么还不提醒我？"

"我也是后来才看到的啦。当时有冲你眨眼睛，还想转移话题，结果你没反应……"席思瑶无辜道。

"罢了，相克就一个字。"许轻饰长叹道，"待他明天交不出BP，再叫他好看。"

席思瑶：……

完全不想提醒对方，那根本是林才子的专长好吗？

第二天一大早，林知逸就来到了女生宿舍楼下，送上了自己熬夜赶制的BP。许轻饰一目十行地看完，不屑一顾地拍给对方："十个业务员不够就二十个，二十个不够就三十个……林大才子，你确定不是在逗我玩吗？通过发展下线拉业务什么的，我的成本岂不是也要成倍增加？"

林知逸一脸无辜道："可是你只说了营业额，没有限制成本嘛！再说了，这种O2O总是要烧钱才见效快的。像我这种抢占地盘似的营销，当然算得上一种方案了。"

许轻饰气急道："我不管！成不成我说了算，这个方案NG（不通过）！"

林知逸适时递上一盒温牛奶，安抚道："好了好了，NG就NG吧，别生气。你看，我不是还有Plan B的嘛。"说着话，他递上了第二份方案。

"预付卡？"许轻饰诧异道。

"类预付卡啦。这个可是很成熟的商业模式了，完全不用担心行不通。"林知逸解释道。

"可是……我们现在人员成本也高啊，那种是要打折的，利润会更加薄呢。"许轻饰有些不开心道。

林知逸揉了揉她的头发道："安啦。我可没说要你降低小时费，反而是要提高你的小时费。"

许轻饰用望着神经病的眼神看着他。

　　"别担心，山人自有妙计。而且在今天一天内搞定，马上你就知道了。"林知逸笑得神秘而猖狂。

　　许轻饰白了他一眼："那好，我坐等看某人被打脸。"

　　接下来，大概安静了两个小时。在时针刚刚走向"10"的时候，许轻饰的手机便开始不停地响了起来，同一色的短信提示音。她惊奇地发现，全部是有人在不停滴往她专门为"小魔仙业务"的账号里充值！

　　500、1000、1300、1700……很快数字就飙到了10000！

　　假如不是在上课，许轻饰都要惊叫地跳起来了。她拍了拍席思瑶，指着自己的手机，说不出话来。

　　"我的天！我知道大才子厉害，却不知道他这样厉害！"席思瑶抱着手机，表示受到了惊吓。

　　"所以说，他到底做了什么？不是什么不法的事情吧？"许轻饰终于找回了自己的舌头，不由猜测道。

　　席思瑶轻轻打了她一下，不赞成道："大才子哪里至于那样做？到底科班出身，这种业务盈利模式，估计他早就烂熟于心了。"

　　许轻饰把短信截图发到"小魔仙业务"的微信群里，顿时引发了热潮：

　　"啊啊啊学长好帅！好想给他生孩子……啊不，好想团长给他生孩子！"

　　"为了配上团长，学长也是拼了！"

"团长，我就想问学长能收徒弟吗？可以给你端茶倒水捶小腿的那种。"

"附议！排队报名！"

"报名+身份证号！"

……

许轻饰有些好笑地截了图，发给了林知逸：迷妹的力量着实厉害。

林知逸快速回复道：那些无关紧要啦。我就想确认一下，轻轻，我可以转正了吧！

许轻饰虚心请教道：这个不急。我比较想知道你怎么能提高小时服务费的基础上，还拿回来这么多单子的。

林知逸：此乃独家秘方，不可外传。不过轻轻你的话，我当然言无不尽。因为我发了世界公告，说叶弋然也是"小魔仙业务团"的一员。明星效应，再加上大家的一点侥幸心理……你懂。

许轻饰撇了撇嘴角，继续道：利用广告欺骗、误导消费者……再说，"小魔仙业务团"何时收了你这样的人物？

林知逸：一点都没有欺骗、误导啊。你想，你的技能是不是我培训起来的？我怎么能不算教员呢？至于第二条，为了不让我失信于人，所以轻轻你快收了我，让我成为团长家属啊。

许轻饰：……

林知逸：轻轻？愿赌服输哦。你想，等我转正，你就可以以女朋友的名义随便欺负我咯。

......

好像是个很不错的办法，许轻饰想，嘴角不由上扬，勾起一抹好看的微笑。她认真地编辑道：那好吧，本团长就勉为其难收了你。

正要发出，突然有陌生人加微信，备注里写着叶弋然。

许轻饰诧异，以为林知逸又换了马甲，便不假思索加了对方。刚一通过，对方就发来一条消息道：想必你已经知道林知逸就是叶弋然了。

玩精分玩上瘾了？

许轻饰愤愤地想，刚要谴责，下一条信息又跳了出来：那么你知不知道，当初他披叶弋然的马甲，就是为了你呢？

许轻饰：……新型的表白方式吗？

叶弋然：呵呵，别想太多。是为了让你获得严重处分。

叶弋然：要搜罗你逃课玩游戏，当掉重要学科的罪证，这样才好上报教导处啊。

许轻饰终于出戏，意识到这并不是林知逸另一个恶作剧。

她快速地问：那又如何？你是谁？

对方不理，接着问：就是这样的一个人，你确定你们在一起合适吗？

许轻饰：那又怎样？当时他不喜欢我，我也很讨厌他啊。喜欢是一个过程，是相互作用的因果。我们坦诚不公，比你藏头露尾强多了。

她还要说些什么，却发现自己已经被拉黑。

正在这时，一直没有接到她回信的林知逸大号再次发来信息：轻轻，不要再犹豫啦。你看今天天空很蓝，阳光正暖，风也温柔，不如就在今天在一起吧！

许轻饰愤懑地回复道：不如你先解释一下？

说着，她把刚刚陌生号码的对话截图，发了过去。

林知逸沉默了一会儿，发过来一个拥抱的表情：轻轻，你说得太好了！霸气，深情。我一定要更努力，才配上这么好的你。

许轻饰发了一个挖鼻子的表情，道：同学，你的关注点错了。你看我框住的地方，请关注重点词：搜罗，罪证，处分。呵呵。

林知逸这次反应很快：我错了！我已经深深意识到了！希望组织宽宏大量，从宽处理。

许轻饰掩饰着心里的不爽，暗恨道："这都是藏着什么坏心眼，还说什么转正？想得倒是挺美。"

另外一边同样在上着课的林知逸打了几个打喷嚏，极为难得地愁眉苦脸，坐立不安。

白宇问道："你不是已经攻下了女神吗？怎么现在这么一副要死掉的表情。"

林知逸愁闷道："我以前不是说，要去网上抓她的小辫子，然后怎样怎样吗？现在被她知道了……"

白宇愣是没忍住，噗的一声笑了出来，惹得周围的同学纷纷看了过来。

"哪怕你再怎么幸灾乐祸，也稍微矜持点好吗？"林知逸不满道。

白宇点头："我不是笑你。只是刚刚突然想起广为流传的那句俗语，不作死就不会死。林大才子……什么叫不是不报时候未到，我现在明白了。"

林知逸瞪了他一眼，正经脸道："知道这事情的人不多，应该不会有人说出去啊。"

白宇懒洋洋地道："排除掉不是的，那么最不可能的也就是最有可能的。"

林知逸想了一想，与白宇对着嘴型道："苏楠。"

当初刚玩游戏，林知逸确然是实打实的小白一枚。可是他有特备军加持：苏楠的表哥。在数学高手眼里，所谓游戏，也不过是各种算法、各种模型的叠加。庆幸的是，林知逸便是个中高手。他天资聪颖，领悟力高，动手能力也强。在对方帮助下，没过多久就快速通过，并且一路走上巅峰，也顺利地与许轻饰对接上。而入到游戏坑里，与苏楠的表哥对接上，苏楠自是功不可没。

很快相通了缘由的白宇嘲笑道："谁让你女生缘那么好？总难保一个两个对你有想法的，你如果一视同仁也就还好，可是一旦打破平衡，有了自己喜欢的倾向，那么就可能有性格一时极端的人来搞破坏了。"

林知逸一口老血闷在喉咙里，也只能生生咽下。

下课后，许轻饰在教室外看到一前一后站立的林知逸与苏楠时，不是不诧异的。尤其是苏楠眼睛红肿，好似哭过。

看到她出来，林知逸深吸了一口气，道："轻轻，我来负荆请罪，同时还有一件事情要让你知道。"他转身，不带一丝感情地冲苏楠道，"说吧。"

"我来，主要是想说，刚刚那个微信号是我另外找的小号，说的那些内容也是为了让你们两个人有隔阂。"苏楠低着头，声音中尚带着一丝哽咽。

待她解释完，林知逸便对苏楠挥手道："好了，你走吧。"

看着如提线木偶一般的苏楠，哭起来很有一番我见犹怜的苏楠，就这样说了一句话又被林恶魔匆匆赶走，许轻饰只想捂着脸，表示不想认识这人："你这是闹哪一出？"

"轻轻，我知道之前的错无法弥补，那么我们就从今天开始，坚决一切听你的，好不好？"林知逸低声道。

许轻饰本来也算不得生气，只想借机捉弄对方一番。现下看着他这样，倒是生出了促狭的心思。她摸索着下巴，思考了一会儿说道："既然你这么有诚意，不如即日起，就成为'小魔仙业务'的终身雇佣员工，无偿服务期限一辈子！"

林知逸的眼睛一下亮了起来："那什么时候可以转正？人生苦短，不如下一分钟？"

"驳回。"许轻饰眼睛都不带眨地拒绝道。

林知逸佯装叹气，捉住她的手吻了上去："好的，团长大人你开心就好。可是到底何时能转正呢？"

许轻饰脸红地抽回手，掉头往回走。林知逸紧跟了上来，不停地问何时能转正。

到底什么时候转呢？

那当然是要看我们团长大人的心情咯。

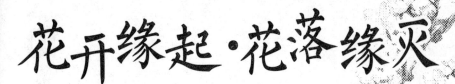

花开缘起·花落缘灭

● 唐家小主

——世上最让人参不透的字是"悟"，
最让人逃不开的是"情"。

· 玉容寂寞泪阑干，梨花一枝春带雨 · 砌下落梅如雪乱，拂了一身还满

楚少秦：我不准你爱上其他
人，你这辈子只能爱我一个
人，你是我的。
梨秋雪：我恨他，可是我也爱
着他。

——《梦回梨花落》

辩真儿：忘尘这一辈子，世人
皆可见，唯不见红颜。
柳追忆：辩真儿不是世人，我
也没爱过世人。

——《眉间砂》

梦回当年，梨落成泥，江山永隔
红梅乱雪，琴弦挑断，岁月永殇

猫小白
MAOXIAOBAI 著 ZHU

进击吧！
GO
ATTACK SNOW PRINCE
白雪殿下

铅球社冠军少女优白雪，因为一次乌龙中奖事件，

神奇地化身为"黑暗女主角"

强势加入万众瞩目的真人秀节目"男神驾到"！

她是首位开幕式爬上香槟台的女嘉宾！
她是一脚踹穿豆腐渣工程的华丽少女！
她是严肃拒绝"钱规则"的无敌殿下！

谁说只有肤白貌美的女生才是真公主！

再次出击

内容简介

一次意外中奖，优白雪成了万众瞩目"男神驾到"节目的女主角！

天生的贵公子原一琦，张扬耀眼的偶像明星纪星哲，天才学霸成臻，"二次元花美男"凌千影，这些遥不可及的男生，统统都是我的搭档？

谁说力气大不是优点？就让你们看看我——铅球社冠军少女的实力！

突然掉下的水晶灯，黑暗中幽闭恐惧症的阴影，诡异的《王子复仇记》剧本……

究竟是谁，在背后暗中观察？

这个夏天，爱的终极大考验，《进击吧！白雪殿下》旋风来袭！

画风清奇不走寻常路，爆笑悬疑炸出真腹肌！

让你停不下来的高能精彩！

爱至荼蘼，夏季微凉

AI ZHI TU MI, XIA JI WEI LIANG /

叶冰伦/作品

哪怕伤害了全世界，我也要得到你。
爱情不就是这样的吗？
——米茜

有人说，朋友是寒冬的暖阳，暗夜的光。
而对于我来说，朋友就是：夏镜。
——韩果

震撼人心的青春文字 刻骨铭心的青春时光

镜，可不可以有那么一次，
在我和陆以铭之间，你能选择我？
只要一次就好……
——季然

季然，你告诉我荼蘼花的花语是"末路的美"。
花，已经开到了荼蘼。
我们，能否不要说再见？
——夏镜

你说，陆以铭，我喜欢你。
你说，陆以铭，后会无期。
最初相爱的我们，最终，还是错过了。
我却还来不及说一句，我爱你，夏镜。
——陆以铭

纵然走到末路，也依然有爱相伴。
总好过你就还在，却形同陌路。

不疯，不爱，不后悔

十年磨一剑，天才作家倾力之作，马伯庸“马亲王”钦点的科幻神作！
当科幻加上修真，再经过四万年的发展，大宇宙时代的文明之战，将会酝酿出一个怎样的热血传奇？
星域四万年
简介：
星域四万年的奇妙时代，上古文明与未来文明完美结合。电脑被超能晶脑取代，战甲升级为华丽晶铠，英雄们驾驭着晶石战舰在无尽星海中纵横驰骋。
从此，人类的征途不再是地面，而是那无穷无尽，犹如幽暗丛林一般危机四伏，并充满了强大异族文明的浩瀚星空！
展现最热血的星际冒险，与最刺激的文明之战！

著

晚安 明晨有最美的太阳

Good night

曾经，你想要不满足任何人的期待而活。梦想给人力量，可也会把人灼伤。亲爱的，不管黎明破晓前的世界有多黑暗，明晨依然有最美的太阳。而你终将会活成自己想要的模样。

畅销作家毕淑敏，首部晚安短篇集

35 个温馨故事，与你走过每一段彷徨迷惘。

/// 世上浓情是最淡，人间有味是清欢。在这匆匆浮世，我们总是在追求着利欲繁华，却反而忘记了内心的平静。《晚安·明晨会有最美的太阳》，作者用最质朴、最诚挚的笔触，触动你内心最柔软的角落，让你回忆起那份久违的温暖与感动。

——菜菜酱推荐

/// 如果人生是一场漫长而有趣的旅行，那么毕老师的"晚安"系列则可以称之为绝妙的指南书。

——新浪读书

/// 毕淑敏老师用细腻入微的笔触去感受生活，品味人生，给在迷茫中孤独无望的人带来最贴心的温暖。

——十点读书

"晚安"
系列

遗憾掩盖了无憾
现实冲破了理想

妥协战胜了斗争

年少时的我，
一往情深却爱而不得。
少年时的你，
小心翼翼又字字锥心。

叶冰伦/作品

我路过青春，
却错过你

那些温暖的、冷硬的、
感动的、疼痛的、清浅的、
深刻的青春回忆。

那些整日吟唱的离别，
那些不愿说出口的再见，
是否飘散在时光中？

记录下一个没有坏人、没有血腥与杀戮，却是世界上最残酷的故事！